In memoriam

Christine Borie

La nouvelle lauréate du Premier Prix

Le ponton

Anne-Laure Pilot

La nouvelle lauréate du Second Prix

Et 19 récits lauréats du Prix Pampelune 2022

© 2022 Pascale Leconte.
Édition : BoD – Books on Demand,
12/14 rond-point des Champs-Élysées, 75008 Paris
Impression : BoD - Books on Demand, Norderstedt,
Allemagne
ISBN : 9782322251360
Dépôt légal : Mars 2022.

Christine Borie
Anne-Laure Pilot
Aurélia Lesbros
Daniel Augendre
Julie Palomino-Guilbert
Albert Dardenne
Alain Parodi
Philippe Veyrunes
Brice Gautier
Violette Aufauvre
Laurent Gagnepain
Éléonore Sibourg
Christian Xavier
Bertrand Ruault
Alain Toulmond
Ridwan Ramadan
Sylvie Breton
Chantal Rey
Caroline Lhopiteau
Gilbert Orsi
Phil Aubert de Molay

Le jury de l'édition 2022 est composé de :

Ségolène Tortat
Martin Trystram
Pascale Leconte

Correction : **Ségolène Tortat**
Couverture et mise en page : **Pascale Leconte**
Image : **Pixabay**

Le Prix Pampelune est organisé
par l'auteure Pascale Leconte.

La nouvelle lauréate du Premier Prix

In memoriam

Christine Borie

Je ne reconnais pas cette femme allongée dans le lit. Ils disent que c'est moi. Je serais donc ce corps inerte, ce sac d'os que l'on alimente à l'aide d'une perfusion ? Serais-je donc ce squelette que l'on vient changer deux fois par jour, que l'on appelle mamie, que l'on tourne dans le lit, dont on frictionne le dos et les jambes ? Des jambes ? Je ne les vois même pas et ne veux pas les voir. Non, cela ne peut être moi.
Je me souviens de moi ; je n'étais pas ainsi.
Je me souviens. Quel paradoxe quand tout, autour de moi, me signifie que je ne pense plus, que j'ai tout oublié, que je suis inconsciente, que je ne souffre plus.
Cela fait quelque temps qu'on ne me lève plus. Mon état ne justifie plus l'accomplissement exténuant de cette tâche qui n'était que torture. Ce faisant, tous ces satellites, dont le seul centre d'intérêt est le lit dans lequel je gis, ont atténué mon calvaire. Ils tournent autour de moi, me parlent, souvent trop fort, me posent des questions dont je ne possède pas les réponses. Tout ce qu'ils veulent savoir,

c'est si mon corps a accompli sa besogne : se remplir, éliminer, et tout recommencer. Mon corps, une enveloppe, l'étui dans lequel je suis enfermée. Combien de temps encore ?
Alors c'est ça... On vit, on meurt et rien ne resterait ? Aucun vestige du bonheur, aucun stigmate de la douleur. Il faut bien qu'il subsiste une trace, pour que la vie n'ait pas été stérile. Bizarre tout de même ce passage sur terre. On vit, on aime, on souffre, et puis plus rien : le néant ? Je sais ce qu'est le néant quand je suis là, gisante dans ce lit.
Mais, dans la geôle de mon corps, subsiste malgré tout un ersatz de cervelle. Dans un recoin bien caché, inconnu et surtout ignoré de tous, vit mon âme. Elle se terre dans une grotte secrète recelant mes pensées, au moins celles qui me restent, celles que j'ai gravées avec ce que j'appelais les poinçons du bonheur. Lorsque je ne peux plus supporter ce néant saturé d'inconnus, de questions sans réponses, de bruits qui me tourmentent, je me réfugie dans ma grotte. De plus en plus souvent. Du moins, je me réfugiais... Jusqu'à ce jour — mais quel jour d'ailleurs ? —, où je l'ai perdue. Était-ce hier ou aujourd'hui ?
Je l'appelle ma grotte, mais elle ressemble plutôt à une bibliothèque infinie, tapissée de rayonnages sur lesquels trônent des livres, des albums photos, des cahiers noircis de l'encre de mes plumes. Aucun son extérieur ne filtre, à part à l'heure du change. Le bruit et la douleur...
C'est dans ce lieu sacré, mais désormais inaccessible qu'est engrangée ma vie, comme une belle récolte dont je me servais les jours de disette. Ma vie, compartimentée, classée par thèmes, que je visitais à l'envi. Avant ce matin ou hier, je ne sais plus.
Chaque étagère supporte plusieurs rayonnages. Sur celui des odeurs et des goûts, j'avais placé des pots et il me

suffisait d'en soulever les couvercles pour être emportée dans un tourbillon voluptueux d'émanations lénifiantes. J'ai gardé l'arôme capiteux de l'encaustique dont j'enduisais autrefois mes meubles, celle du savon que Maman achetait, et celle de son parfum, du chèvrefeuille... Curieusement, la seule odeur qu'il me restait de Papa était celle du pain perdu ; j'ouvrais le pot et Papa apparaissait, cuisinant les restes de pain rassis. Je le regardais battre les œufs, tremper les tranches de pain dans son mélange, les faire cuire avec un peu d'huile. Quand il avait ajouté le sucre, il criait à la cantonade : « Venez vite, il faut manger tant que c'est chaud ». Maintenant, je sais que c'était à la fin du mois, quand il n'y avait plus d'argent pour la nourriture. C'était bien avant les cartes et les chéquiers. Papa, Maman. Que sont-ils devenus ? Peut-être avais-je rangé tout ce qui les concernait sur les étagères supérieures, auquel cas je ne pourrai plus y accéder, même si je retrouvais ma grotte. Mais leur saveur est là, juste au premier étage.

De toutes ces odeurs, une seule me vrillait le ventre. Celle de mes bébés. Je revoyais ces petites têtes chancelantes qui se penchaient vers moi, ces frottements de nez, cette impatience, ces fouissements quand ils trouvaient mon sein. Je ressentais leur bouche aspirant mon menton, mon nez, mes joues. Je retrouvais leur peau contre la mienne et moi aspirant leur odeur à nulle autre pareille.

Pourtant qui pourrait croire, devant mon reflet reposant dans ce lit, créature grabataire, étrangère à tout ce qui l'entoure, marquée de flétrissures, décharnée, desséchée, de plus en plus aveugle et dont la bouche ne sait plus qu'émettre des gémissements, qu'elle ait un jour été jeune, qu'elle ait aimé, enfanté, allaité ?

Mais moi je sais, je me souviens... Non, je me souvenais. C'est rangé dans ma grotte... Je leur chantais *L'eau vive* et

mes petits s'endormaient. Il y a bien longtemps que je ne les ai vus. J'en ai eu trois, c'est sûr. Je sais même leurs prénoms : Camille, Pierre et Mathilde. Mais où sont-ils maintenant ? Disparus eux aussi ? Je ne m'en souviens plus. Ils sont certainement en haut des rayonnages avec Papa et Maman. Je ne sais plus.
Ce que je sais est un non-sens : je connais l'existence de mes souvenirs et je sais où ils sont. Mais c'est tout.
Je sais que le fond de la grotte est tapissé d'étagères où s'entassent tous les livres que j'ai eu le bonheur de lire. Il n'en manque pas un. Chacun d'eux m'est précieux. Ils furent tour à tour viatiques, exutoires, échappatoires, initiateurs ou salvateurs. Ils font partie de moi, de ma pensée, de mon âme. Ils tiennent compagnie à mes cahiers. Mes cahiers ! J'ai toujours ressenti une affection particulière pour les cahiers. Tous les cahiers. Certains sont si beaux que je n'ai jamais osé y apposer ma plume de peur d'altérer leur virginité.
Je sais que dans ma grotte vivent aussi les couleurs. C'est pour elles que, jeune, j'écrivais et peignais, pour fixer à jamais sur le papier le plus petit bonheur, ces petits riens qui font une vie. Ces petits riens qu'on ne voit pas toujours, à côté desquels on passe sans ralentir, sans rien ressentir de spécial, sans gratitude. Le matin, souvent, j'attendais que le soleil se lève. L'homme n'a pas trouvé de mot pour décrire ce que je voyais, le spectacle des nuages baignés de lumière rose et mauve. On pourra peindre, photographier, écrire, jamais on n'arrivera à telle perfection. Un don de la nature. Un don rien que pour moi ces matins-là. Pour moi et pour tous ceux qui ont appris à regarder.

Tout est là, bien rangé. Il y a quelques jours seulement, je pouvais encore voir tous mes tableaux ; ils réchauffaient mon âme. Mais de toutes ces teintes, de toutes

ces lumières, une seule est gravée à jamais sur le mur de ma grotte. J'étais mariée, c'est sûr. Il était mon mari, mon ami, mon amant et malgré tout cela, je n'arrive plus à saisir son visage. Il danse souvent devant moi, mais ne s'arrête pas. Je voudrais le toucher, mais il s'échappe à chaque tentative. Seuls ses yeux sont restés en moi. Ils étaient gris comme l'eau de la mer chahutée par les vagues, gris comme une perle de culture, virant parfois au vert. Des yeux d'une incommensurable beauté. Lui non plus n'est plus là.
Où sont-ils tous ? Même dans la grotte je ne les ai pas retrouvés. Pourquoi sont-ils si haut ? Pauvre vieille femme, tu as tout fait à l'envers. Quelle idée de les avoir remisés ainsi ? Mais non, finalement, il était normal que je range mes premiers souvenirs sur l'étagère du bas. Au fil des ans, les rayonnages se sont peuplés, remplis de tranches de ma vie, les plus récentes désormais inattingibles. Je me servais d'une vieille échelle de bibliothèque en acajou, mais malgré mes recherches, elle est demeurée elle aussi introuvable. Alors, lorsque je me réfugiais dans ma grotte, j'évitais d'y penser, le seul fait de songer à l'inexorable anéantissement de mes souvenirs me plongeant dans un infernal tourment.
Heureusement, dans un recoin, j'avais créé un havre de musique et de sons. *L'air* de Bach m'enivrait et le bruit de la pluie m'apaisait. Souvent, je m'y abritais quand je revenais de l'extérieur et que la sirène avait retenti.
C'est chaque fois la même terreur qui m'envahit, car ce n'est pas fini. Un jour, j'ai compris qu'ils — les gens autour de moi — me disaient que l'on était le premier mercredi du mois et que c'était normal d'entendre la sirène. Ils ne se rendent pas compte ! Moi je ne peux pas parler, juste gémir et pleurer doucement ; je sais seulement qu'il faut descendre à la cave, que les avions ne vont pas tarder à envahir le ciel, qu'il faut se cacher. Mais comment le leur dire ? Alors,

avant ce matin ou hier, quand j'entendais la sirène je disparaissais dans ma grotte et j'écoutais la pluie qui tombait doucement, tintant sur des gouttières imaginaires. Comment vais-je faire maintenant si j'entends la sirène ? Je ne peux plus m'enfuir.

C'est pour tout cela que je vivais dans ma grotte depuis certainement des mois voire des années. Elle est peuplée des gens que j'aime, de leur odeur, de la couleur des souvenirs. Dès que je sortais, je les perdais. Je me retrouvais comme maintenant dans ce lit, dans cette maison que je ne connais pas, entourée de personnes qui me parlent, mais que je n'écoute plus. Elles se servent d'un dialecte inconnu.

Et il y a ce vieil homme. Lui il est toujours là. C'est un homme de bien, je le lis dans ses yeux. Ils sont d'une couleur incroyablement grise. Il reste à mon chevet et je lui fais confiance même si je ne le connais pas. Peu m'importe qui il est, puisqu'il est là.

Ce matin ou hier ? Pourquoi ai-je fait ça ? Comment ai-je pu me perdre ainsi ? Les conséquences sont terribles. Je ne sais même plus quand c'était, hier, aujourd'hui, l'an dernier, tout est confus, tout se mélange. Je n'ai fait que soulever le couvercle du gros pot, à droite sur la première étagère. Celui de mes vacances chez Papy et Mamy. J'allais souvent chez eux, ils étaient en zone libre.

Et j'ai suivi Papy comme je le faisais en ce temps-là. J'avais dix ans, et chaque jour, nous partions à pied et j'essayais de cadencer mes pas au rythme des siens, lui perdu dans ses pensées, moi faisant d'immenses enjambées… Jusqu'à ce qu'apparaisse le mur. C'était un mur haut qui longeait le trottoir sur ce qui me semblait être une centaine de mètres. Peut-être n'y en avait-il que vingt. Qu'importe ! Il était percé d'un portail anthracite en fer plein qui ne laissait pas passer les regards indiscrets. Plus nous approchions du portail, plus je sentais mon impatience grandir. Lorsque nous arrivions, j'écoutais le temps ralentir puis s'arrêter, comme suspendu aux gestes de Papy. Il relevait un pan de sa veste de laine et sortait de la poche de son pantalon une grosse clé, la clé du paradis. Je fermais les yeux, ne percevant que les battements sourds de mon petit cœur. J'attendais sagement, religieusement. Lorsque la clé trouvait enfin la vieille serrure et que le clac de l'ouverture résonnait, plus rien n'existait que l'attente de la seconde où Papy allait pousser le portail. Puis le grincement des gonds ouvrait mes yeux. Le jardin apparaissait, renaissant chaque fois que l'on y pénétrait. Vite je passais de l'autre côté du mur. Papy refermait le portail, et un monde merveilleux s'offrait à moi. J'occupais chaque après-midi à me promener dans les allées minutieusement tracées. Pendant que mon « Guide » jardinait, j'inspectais la mare, suivant les éphémères ou les moustiques, attendant qu'un poisson vienne happer les plus imprudents. Parfois, je voyageais avec les libellules, ou regardais vivre une fourmilière, occultant ce qui m'entourait, devenant fourmi à mon tour. Souvent, j'allais fureter dans la cabane à outils que Papy avait construite. Elle était tellement à ma taille, comme faite pour moi. Les outils y étaient rangés, sagement alignés, « une place pour chaque chose et chaque chose à sa place. » Elle sentait le bois et la terre mouillée. Puis j'allais voir les arbres. Il y en avait beaucoup, mais je n'en connaissais pas les noms. Je ne voulais pas déranger Papy ; alors je les nommais suivant mon inspiration du jour. Et que l'herbe était douce et fraîche en été. Invariablement, je m'allongeais et regardais les nuages, faisant naître de mon imagination des dragons, des montagnes. Parfois, j'apercevais la mer au détour d'un cirrus. Et le temps passait ainsi sans que je m'en aperçoive. À aucun moment, je ne ressentais cette impatience propre aux enfants qui les pousse à s'ennuyer très vite. Nous ne parlions pas. Pas besoin de discours. Chacun vivait un moment privilégié. C'était l'échappée belle. Mais quand la lumière du jour commençait à faiblir, je voyais Papy se diriger vers la cabane pour y ranger ses outils. Au printemps ou l'été, il ressortait avec un panier et nous récoltions des légumes pour Mamy. Très solennellement, j'allais lui cueillir quelques « fleurs du jardin ». Brutalement, douloureusement, mon cœur se serrait quand Papy ouvrait le portail pour me laisser passer. La rue m'agressait, la grisaille me sautait aux yeux et je rangeais mes rêves jusqu'au lendemain. Papy replaçait son trésor de clé dans la poche de son pantalon et nous refaisions le chemin à l'envers, chacun perdu dans ses pensées sans se retourner.

Dans ma grotte, je n'avais qu'à ouvrir le pot de Papy et Mamy pour revivre ces après-midi volés à la guerre. Mais ce matin ou hier, cette dernière fois où j'ai suivi Papy, notre échappée belle ne s'est pas déroulée ainsi. En pleine contemplation des éphémères, j'ai laissé tomber le couvercle du pot qui s'est inexorablement enfoncé dans la mare. J'ai appelé Papy, mais il n'était plus dans le jardin, j'ai cherché autour de moi, il avait disparu. J'ai erré le long du trottoir gris et me suis réveillée dans mon lit au milieu de cette pièce dans cette maison que je ne connais toujours pas. J'ai voulu, comme les autres jours, me réfugier dans ma grotte, mais n'ai pu en retrouver le chemin. Depuis, je passe des heures, certainement, à fouiller mon esprit, à chercher des indices, des repères qui me conduiraient à mon refuge. Je suis fatiguée, paniquée. Si seulement je n'avais pas échappé le couvercle du pot à souvenirs…

Je les entends qui parlent. Ils disent que c'est la fin.

Je ne veux pas de cette fin-là. Je dois retrouver mon chemin et je cours. Je cours et m'essouffle de plus en plus.
Ils disent que ce sont les râles, les derniers.
J'ai peur. Tellement peur.
Ils disent que je ne souffre pas, que je suis inconsciente.
J'ai soif d'air, mais je cours toujours malgré tout. J'ai mal et je sens mon front douloureusement plissé. Non ce n'est pas vraiment ça, ce n'est pas douloureux. C'est un souffle chaud. Une main douce et chaude le caresse tendrement. Deux autres mains enveloppent les miennes. Puis l'odeur m'encercle… Cette odeur, l'odeur de mes bébés. Du fond de mon dédale, je crois entendre un son. Mais c'est une musique, la chanson de *L'eau vive*…
Je n'ai plus besoin de voir, je sais que mes enfants sont là. Camille, Pierre et Mathilde. Ils ne m'ont pas quittée, jamais ! Ils sont avec leur père, mon cher amour, cet homme au regard gris qui a veillé sur moi. Mon cœur sourit. Je m'abandonne à leur chaleur, ils me protègent, ils vont me guider tout le long du chemin.

« Ma petite est comme l'eau, elle est comme l'eau vive. »
Je sens mon front qui se détend, je n'ai plus besoin d'air.
« Elle court comme un ruisseau, que les enfants poursuivent. »
Je n'ai plus qu'à me laisser guider. Doucement.
« Courez, courez, vite si vous le pouvez. »
Je m'enfonce dans l'eau comme dans un cocon.
« Jamais, jamais, vous ne la rattraperez. »
Je me laisse porter par la béatitude, car je sais où je vais.
« Lorsque chantent les pipeaux, lorsque danse l'eau vive. »
Et déjà j'aperçois la lumière, c'est l'entrée de ma grotte.
« Elle mène les troupeaux, au pays des olives. »
L'eau me mène à bon port et envahit la grotte.

« *Venez, venez, mes chevreaux, mes agnelets.* »
La musique s'éteint doucement et je lâche les mains de mes enfants.
Je n'ai plus besoin d'air et, grâce à eux, je vole dans ma grotte engloutie devenue hypogée.

Ils chantèrent encore, même après, assurant son voyage. Puis ils se regardèrent, se sourirent dans leurs larmes. Ils baisèrent ses mains et son front, se tournèrent vers leur père. Leurs yeux lui dirent doucement que c'était terminé. Cela faisait si longtemps qu'elle les avait quittés. Elle leur avait donné la vie, ils lui donnèrent la plus douce des morts.

La nouvelle lauréate du Second Prix

Le ponton

Anne-Laure Pilot

  Je n'ai jamais aimé les contes de fées modernes. Je les trouve niais. Toutes ces histoires de pommes d'amour empoisonnées, de princes permanentés du bocal, de sorcières trop gourdes pour arriver à leurs fins… En plus, ce ne sont que des mensonges inventés de toutes pièces pour ne pas apeurer les petits enfants. En réalité, les contes de fées sont bien plus cruels que cela ! Je te confie le mien, en espérant qu'il reste entre toi et moi. Il ne faudrait surtout pas ébruiter ce que les grands enfants se disent tout bas.
« *Il était une fois…* » une petite fille, plus si petite que ça d'ailleurs… Disons une jeune fille ballotée entre l'enfance et l'adolescence. Elle portait de longs cheveux de blé mûr, un regard céruléen et avait une peau d'albâtre si transparente qu'on pouvait lire ses veines du bout des doigts comme on aurait pu le faire d'une carte routière. Cette fille-là était une taiseuse, ses yeux parlaient pour elle. Trop souvent noyés de larmes, elle évitait le plus possible de croiser ceux des autres. Le visage dissimulé derrière une

frange hachurée, elle tentait d'adopter le décor grisâtre de la ville qu'elle traversait matin et soir. Des âmes fantômes, de l'asphalte à l'odeur de pisse, l'errance, des crottes de chien à contourner, le mépris des vaniteux et l'amertume de la solitude. À chacun de ses pas, il lui semblait s'enfoncer davantage dans le trottoir « *jusqu'à disparaître sûrement un jour...* ». Cet espace dénaturé ne faisait que renforcer un sentiment de confusion qui l'effrayait au point de ressentir l'angoisse lui enserrer la gorge. « *Le plafond du ciel pourrait se décrocher d'un instant à l'autre !* » La jeune fille partait se réfugier derrière l'écran noir de ses paupières, laissant son corps couler en lui-même *pour permettre à ton esprit la légèreté du rêve.* « *Maman disait vrai.* » Elle s'imaginait alors aller en mer sur le ponton, être étanche aux reflux moroses, avoir le culot d'une sirène et trouver le remède qui délivrerait sa mère des bouteilles amassées sur la table basse du salon.

Son sac d'écolière pendu à ses épaules de nageuse, elle allait passer le porche, faire claquer la porte sonnée de courants d'air, gravir trois étages et embrasser Maman et ses effluves d'alcool. « *Cette odeur...* », l'odeur aigre de la sèche, de la dépendance, de cuvette de toilettes. Dans un élan de dégoût, la jeune fille lui aurait volontiers vomi à la figure tant sa mère avait largué son port d'attache pour « *l'Alcool...* ». Depuis des temps incertains, les boutanches avaient fait valser le quotidien à force de tirebouchons. Même la décoration du salon avait pris une sacrée claque : des rangées entières de soldats de verre au garde-à-vous, bien alignés, sages et inoffensifs une fois éviscérés. Parfois la jeune fille trouvait ça poétique, « *Maman vit dans une exposition permanente !* », parfois elle voulait tout faire sauter, « *ça changerait quoi de toute façon ? Maman est plus morte qu'hier et moins que demain...* ». Passé ses

devoirs en solitaire, elle s'enfonçait dans le canapé-lit du salon, filant sur la toile afin d'éponger les bruits qui émanaient de la cuisine. « *Le glouglou du goulot, la déglutition, les rots.* » À ces moments-là, les murs devenaient aussi épais qu'une simple feuille de papier calque. La jeune fille y devinait l'ombre de sa mère dégouliner sur la table à manger, pour un énième tête-à-tête aviné. Elle savait que d'un instant à l'autre, Maman allait réapparaître dans la peau d'un pantin désarticulé, au regard croisé, au sourire croûté d'une signature violacée. La jeune fille sentait monter en elle la nécessité de plonger dans son ventre noué d'inquiétude, d'empoigner son cœur, de s'y blottir, de s'extraire au plus vite de cette réalité poisseuse. Sans rien laisser paraître face à l'épave qui titubait maintenant vers elle, la fille bouclait ses oreilles à double tour, pour ne pas entendre « *cette chose* » baver des mélis-mélos de mots désaxés. « *Maman est un Phoenix ; le soir elle meurt, le jour elle renaît* », « *Maman est un Phoenix ; le soir elle meurt, le jour elle renaît* », « *Maman est un Phoenix ; le soir elle meurt, le jour elle renaît* » cette ritournelle venait d'elle-même rassurer les alvéoles les plus intimes de son âme. La jeune fille était là sans être là. « *Un fantôme aveugle au présent* » jusqu'à ce que Maman se déleste de sa mue d'ivrogne. Après avoir noyé la certitude lointaine que « *dormir c'était mourir* », la fille s'allongeait face à sa mère, les cils tressés aux siens, jusqu'à s'endormir paisiblement sous ses doigts délicats. Maman lui recouvrait les oreilles de ses longues mèches.
C'était sa façon de border sa fille. Les songes feraient le reste.
Ce matin-là aurait dû être un matin comme les autres ; un matin où « *Maman-chiffon* » de la veille aurait retrouvé ses traits de femme juvénile. Elle se serait penchée sur sa fille

pour s'imprégner de l'odeur de son crâne, *l'odeur de chien chaud,* avant de filer sous la douche. Encore engourdie d'escapades nocturnes, la jeune fille s'étira en étoile de mer sur les rives de ses draps, coula de sa couette et émergea au jour qui perçait derrière des rideaux de pluie. Une chaleur manquait à ses côtés... Une chaleur manquait à l'appartement tout entier. Ses yeux s'écarquillèrent à s'en arracher les orbites : Maman flottait, captive d'une bouteille couchée sur son oreiller, le même qui portait encore l'empreinte de la nuit passée et l'odeur mauve pâle de ses joues. La pauvre se débattait pour ne pas se noyer, hurlait en silence, fixait son enfant de son regard vitreux. Serrant la bouteille entre ses mains, la fille observait avec effroi la désolation abyssale de sa mère. Elle s'époumonait dans son cercueil de silice. Le liège qui la maintenait prisonnière faisait office de pierre tombale, impossible à soulever pour une jeune fille à la force faible.
« *Si je la casse, je te tue...* »
Un ressac de larmes inonda son visage jusqu'à son menton à fossette. Du sel au fond de la gorge, la fille étranglait davantage la bouteille de peur de l'abandonner à son propre sort. La brûlure de l'impuissance lui taillada violemment la poitrine.
« *Je suis toute seule et tu me demandes l'impossible ?!* »
Furtivement, elle aurait volontiers bazardé sa mère dans la gueule d'un monstre de flammes, jusqu'à la réduire en diamants au milieu des charbons. « *Au moins là tu irradierais !* ». Mais Maman semblait s'être endormie à la surface, elle avait cessé de se débattre et ses yeux mordorés se fondaient au liquide qui la protégeait du reste du monde. « *Un fœtus...* ». L'amour revenu au galop, la jeune fille ne pouvait que la plaindre. « *C'était inévitable* » : le monde d'alors allait brusquement changer, demain serait incertain

et elle seule devrait en trouver l'issue. Terrorisée, elle ne reconnaissait plus rien. Tout avait basculé dans l'absurde ! Dehors ? Une nuit étoilée en plein jour. Dedans ? Une éternelle pleine lune. Les soldats de verre ? Disparus. Plus de papier calque, plus de cuisine, ni de cadavres sur la table basse. Seul un salon entièrement tapissé de livres. Des livres pour enfant. « *Mes livres...* »

À l'époque, Maman rentrait tard du boulot et inconsciemment la toute petite fille sentait son regard attendri se poser sur elle : son petit corps évanoui au milieu de ses livres, son souffle si régulier, la salive qui lui dessinait des nuages aux commissures. D'un pas de louve, Maman venait embrasser la surface du grand lac calme de son front endormi. « *Le bonheur pur.* » Papa et Maman s'aimaient toujours du Nord au Sud, d'Est en Ouest. Ils formaient un monde à eux trois. Deux poumons entichés et un cœur à choyer. Une famille.

« *Ça, c'était avant que tu ne te laisses couler au fin fond d'un cul de bouteille !* »

Quand Maman avait-elle précipité sa propre chute ? La fille avait beau torturer sa mémoire tout n'était que rejets et voiles blancs. Parfois, des fragments remontaient de sa cave à souvenirs : Maman échouée au petit matin sur le canapé, Maman illisible en bouche le soir lors des dîners entre amis, Maman pleurant fort dans ses bras en lui répétant que tout allait bien. La petite fille d'alors savait que c'était faux. Elle tentait juste d'accepter un présent indéchiffrable pour une gamine de son âge. Elle préférait s'accrocher à la folie douce de sa mère, à ses yeux vifs toujours à l'affût, à sa manière d'émincer de l'échalote avec son masque de plongée scotché au visage *pour ne pas pleurer*. Toute petite fille, elle aimait leurs bains où Maman badigeonnait son

petit visage d'argile verte et où elle lui montrait comment se raser les jambes *pour plus tard, enfin... t'es pas obligée.* À ses yeux, Maman était tellement belle ! Par-dessus tout, la toute petite fille aimait voir Maman embrasser Papa dans la nuque lorsqu'il cuisinait, les voir se papouiller les bras quand ils regardaient un film. Par-dessus tout, elle aimait l'Amour.
Le même qui s'évadait furieux de l'ici et maintenant.
Avec acharnement la fille se gratta la cervelle, imbriqua ses méninges dans tous les sens, mais aucune solution ne lui parvint. Seules ses tripes éprouvèrent de « *La peur...* » en un essorage sans fin. *Tu devras l'accueillir plutôt que de la fuir pour la vaincre.* « *C'était plus fort que d'habitude.* » Elle se sentit littéralement traversée par l'empreinte glaciale d'une crise foudroyante. La jeune fille se figea face à la panique grandissante : les mains tremblantes, les mâchoires crispées, impossible pour elle d'articuler ni même d'aller voir derrière ses paupières. Son cerveau ne répondait plus, son cœur était une grenade prête à lui dégoupiller les entrailles. Ses poumons se refermèrent à mesure qu'elle essayait d'inspirer. *Il te suffit de suivre l'air se diffuser dans ton corps pour le rendre lourd et bien réel.* Ici l'air entrait pour ne plus ressortir.
« *Cette fois-ci, je vais mourir !* »
À ses mots, le sol se mit à trembler si fort que les livres se mirent à gerber de toute part, giflant sauvagement la jeune fille au passage. Elle bondit se réfugier sur le lit : le matelas n'était que sables mouvants. Cramponnée à la bouteille, elle ne pourrait bientôt plus bouger, tant elle luttait dans un crawl condamné par avance. *Tu seras protégée par le calme en mettant tes tensions en sourdine.* La jeune fille cessa de nager en fixant le plafond qui ondulait telles des vagues enflammées. Affamés, les livres se muaient en charognards,

les griffes acérées, prêts à engloutir cette carcasse de fillette. Son souffle s'accéléra davantage, l'air sortait pour ne plus entrer « *J'étouffe !* » *La respiration est une ancre à laquelle tu pourras toujours t'accrocher.* Le lit, tel un radeau en pleine tourmente, se mit à couler à pic dans le plancher.

« *Je vais mourir !* » La fille ferma si fort les yeux qu'elle fit détoner des feux d'artifice dans sa boîte crânienne. Une sensation de chaleur se diffusa à l'intérieur de ses veines à la vitesse d'un torrent, faisant battre son cœur à tout rompre. De la sève mêlée au sang, elle pouvait enfin sentir les pourtours de son corps, insuffler ses neurones de verve et incarner ses pensées exaltées d'une clairvoyance nouvelle… *tes racines.*

« *Mes racines de calme, où sont passées mes racines de calme ?* ». Le Noir. L'écran noir, les paupières closes, le calme, l'air, le rêve, la liberté. « *Être étanche aux reflux moroses, avoir le culot d'une sirène et aller en mer sur le ponton… La bouteille, la mer, le ponton… Le Ponton !* »

Sa maman sur le cœur, la jeune fille ouvrit fébrilement les yeux de peur d'avoir franchi les portes de la fameuse *nuit éternelle…* Mais ce qui se dévoila devant elle était la mer de tous les possibles ! Délestée de ses peurs assassines, la fille respirait au vent, étreinte d'une quiétude jusqu'ici inconnue. Sur le ponton, elle se tenait droite comme un mat, les pieds nus au contact froid des lames de bois. Ses cheveux balayés par les embruns laissèrent entrevoir son doux visage armé de liesse. La tête haute, elle fixait le large d'une certitude affirmée. Ce présent-là sentait bon l'harmonie : les éléments autour, l'odeur blanche de l'écume, la chevelure gominée du goémon et le sourire moqueur des mouettes rieuses.

Tu seras toi, tout entière !

Un furtif soupir traversa son regard : « *il était temps...* »
S'asseyant sur le rebord du ponton, caressant la houle du bout de ses orteils, la fille s'empara de la bouteille, jusqu'ici maintenue bien au chaud, sous son ciré de chair. Elle regarda une dernière fois le petit corps décharné de sa mère, ses yeux injectés de fatigue et l'Amour qui battait fiévreusement dans sa poitrine. *Ainsi recroquevillée en ton for intérieur, tu auras tout le temps du monde pour apprécier l'eau vive de la liberté.* D'un baiser velours, la jeune fille déposa une partie de son cœur sur le verre dépoli, avant de confier la bouteille au bon vouloir des flots.
Alors que Maman s'éloignait au rythme langoureux des vagues, elle voulut plonger à son tour pour sauver l'insoluble, mais une force contraire la retint solidement ancrée au ponton. Une force tranquille qui l'abreuverait bientôt de convictions et d'ambitions. Déchirée par la séparation qui forge l'existence, la jeune fille ne pouvait l'entendre. Elle aurait voulu remonter le cours des ans pour embrasser sa mère avant même que « *l'Autre* » ne croise le chemin de ses lèvres.
Les poings serrés, la jeune fille laissa inconsciemment cet aplomb d'esprit prendre le dessus, balayant les regrets, jusqu'à accepter pleinement la portée de son geste. Consciemment, elle venait d'enfiler sous son ciré de chair les lignes éphémères de son moi-adolescente.
Encore aujourd'hui, on raconte que cette fille-là, devenue élancée et brune, se rend régulièrement sur le Ponton derrière l'écran noir de ses paupières, dans l'espoir de voir sa mère renaître de ses sables.

Pour Toi

La fille qui sentait la vanille
Aurélia Lesbros

Quand Basile s'installa 12 rue des Grenades Beiges, il fut hypnotisé par le nom sur la plus haute des cinq boîtes aux lettres : *Lou Patience*. Ce patronyme magnétique dégageait de délicieux effluves, suggérait d'enivrantes promesses.

Ce jeune homme solitaire, compositeur de métier, avait égaré son enthousiasme le jour où on lui avait annoncé une maladie, deux ans auparavant. Ce mystérieux mal incurable, en plus de fatigue et maux de tête, lui avait fait perdre joie de vivre et inspiration. Ses doigts créatifs n'écrivaient plus que des giboulées de rengaines indigestes, auréolées d'orchidées noires. Ses compositions, concertos de contrebasses, trombones ou cors de chasse, oscillaient entre symphonies militaires et requiem. Avec ses yeux nuage qui pianotaient du gris au sombre, il était devenu vide.

Mais aujourd'hui, cette apparence de cumulonimbus se dissipait. Sa vie se remettait à faire soleil grâce à une simple boîte aux lettres. *Lou Patience*. Ce nom musqué lui redonnait bleu aux yeux et pourpre aux joues. Il fut donc très efficace pour monter et descendre les marches cirées du petit immeuble, les bras chargés de lourds cartons et d'instruments en tous genres. Qui se cachait derrière ce joli nom capiteux, il le saurait bientôt.

Le lendemain, très matinal, il fit plus d'allers-retours qu'il ne restait de cartons, espérant croiser sa nouvelle voisine. Il l'imaginait aussi fraîche et charmante que son nom. La maladie de Basile semblait prendre le large ; son optimisme redéposait ses bagages sous ses doigts sautillants. S'attardant volontairement dans l'escalier, il sentit alors un délicieux parfum fruité et fleuri. Trop occupé la veille, marinant un peu dans sa propre sueur, il n'y avait alors pas prêté attention. Cela embaumait la vanille. Cette senteur le plongea dans un état de fébrilité exquise et ravit son âme gourmande, férue de tartes et de sucreries. C'était forcément cette fameuse Lou, puisque la seule voiture qu'il manquait dans la petite copropriété était celle de son emplacement. Ô ravissement olfactif ! La voisine sentait le gâteau, le bonbon, le baiser et la sérénade... tous les « sole mio » vénitiens, tintements de xylophones, grelots de père Noël. Elle avait un parfum et elle possédait toutes les musiques. Le cœur de Basile se mit à virevolter. Il avait encore plus envie de rencontrer cette inconnue qui sentait si bon la vanille.

Le jour suivant, il ne la croisa pas, mais son arôme ensorceleur serpentinait dans l'escalier, narguant ses narines aux abois. Il avait l'impression de flotter sur un tapis volant. Son imagination se dandinait. Ses sens en éveil lui soufflèrent alors l'idée la plus saugrenue qu'il n'avait jamais eue : composer une musique à partir d'un parfum. Un pari aussi fou que flou. Poser des arômes sur une partition ou l'inverse, quel joli challenge ! La senteur de Lou allait lui dicter un concerto optimiste : *Re-nez-sens*. Fier et enjoué, il se promit de lui parler de son projet à la première occasion, un bon moyen d'engager la conversation.

Mais la semaine fila comme un collant et Basile ne croisa pas Lou. Son odeur envoûtante flottait toujours dans les étages, le maintenant de bonne humeur malgré sa frustration. Il se laissait charmer par le mystère, appréciait d'être ainsi porté par cette énigme odorante. Lou répandait du bourbon dans son nez et distillait des extraits de pinsons dans son cœur : véritable aubade anatomique, cette fille était une aubaine. La rencontre n'en serait que plus vertigineuse.

Pourtant, l'impatience s'ourla de mystère quand il fit connaissance avec ses voisins au fil des jours. Personne n'avait jamais vu Lou. Personne ne savait à quoi elle ressemblait : ni l'hôtesse de l'air et son mari steward aux horaires décalés, ni la vieille dame qui sortait son chien plusieurs fois par jour, ni l'homme en costard qui partait très tôt et rentrait très tard. L'esprit borné de Basile était d'autant plus déterminé à la rencontrer. Le lendemain, il mit le réveil à l'aube pour pouvoir bondir au premier signe. Il laissa sa porte d'entrée entrouverte afin de tout entendre. En vain. Quand il regarda par sa fenêtre, les yeux embrumés de sommeil, la voiture de Lou n'était plus là. Comment avait-il pu la rater, ne même pas l'entendre, dans ce vieil immeuble au plancher craquant ? Portait-elle une peau de fille invisible, quelqu'un avait-il gommé ses pieds ? Funambule ou sorcière, elle se déplaçait probablement en balai, ceci expliquerait cela. Il rit de sa pensée fantasmagorique, mais cela commençait à agacer ses envies d'artiste inspiré, contraint de repousser encore sa création. Lou lui offrait des jours parfumés, mais sans visage. Elle venait compléter son patchwork de rêves d'enfants gâtés par des soucis d'adultes : nager avec des dauphins, monter sur scène avec une rock star, et maintenant, rencontrer la fille à la vanille, gagner cette petite princesse en pâte sablée. Mais Lou cultivait malgré elle la frustration du jeune homme.

La nuit, Basile rêvait d'elle sans jamais parvenir à imaginer son visage. Il était musicien, pas peintre, et Lou contrôlait ses pensées, floutant tous les contours de la réalité. Alors, il lui inventait une vie, un décor. Il devinait des sachets de

lavande déposés dans des armoires bien rangées, des huiles essentielles fruitées, un vieux phonographe aux odeurs boisées. Elle devait écouter quelques standards de jazz, assise dans un fauteuil confortable aux coussins pastel, les pieds sur une petite table avec des ombrelles de cocktails dans un pot, au milieu d'un salon sentant l'évasion, l'Orient et le lilas ; tout un appartement envahi par un arôme de fée au sirop d'érable. Son imagination lui donnait alors la folle envie d'aller ausculter les lieux fantasmés, pour pouvoir y relever les indices d'une énigme olfactive.
Reprenant ses esprits, il décida un matin de lui parler indirectement, mais sans ambages, en lui glissant un mot sous sa porte :

J'aimerais mêler mes notes à ton odeur. Tu es une muse à l'envers, une muse-hic ! Tu m'inspires quand je te respire ! Rencontrons-nous.

Elle resta silencieuse à ce billet doux. Comble pour un musicien !
Il continuait d'imaginer : Lou était forcément jolie, avait forcément son âge, et ils vivraient forcément ensemble une idylle en harmonie, formeraient un couple sans fausses notes. Ils vibreraient au diapason. Il devait écrire de toute urgence cette histoire, figer leur mélodie, la composer au plus vite, avant qu'elle ne s'évapore. Il fallait donc prendre le problème à l'envers : pour l'instant Lou n'avait pas de visage, certes, mais elle avait une odeur. Lui, il avait la musique. Il possédait donc l'essentiel. Il ferait son mélange seul, tant pis. Composer d'abord, lui offrir ensuite. Basile avait trouvé son âme sœur, sa clé de sol, et Lou leur donnerait le la. Il patienterait encore pour la rencontre, mais la création ne pouvait plus attendre.

Peindre sans modèle était délicat, mais dans l'art musical, l'éventail des possibles tutoyait l'infini. Il s'installa à son piano, prêt à se laisser envahir par le génie, à inspirer des blanches odorantes, des noires savoureuses, à s'abreuver de senteurs musicales. Il huma à plein nez pour faire chanter sa mémoire : la vanille évidemment, mais aussi d'autres épices délicates se mêlant aux fleurs, des flocons de fruits, un cortège de passion et de chocolat, commençaient à résonner. Une touche de musc, une note de miel, un accord de safran, un ré savoureux, cette fille était une recette. Il ferma les yeux, prit son élan… mais… quand il posa sa main fébrile pour composer ce qui ne demandait qu'à jaillir… Rien. Aucune note. Le silence absolu. Seuls des mots sortirent épars, telle une pluie de château de cartes. Lui qui ne s'exprimait qu'en musique, qui voulait créer d'un souffle une sonate vanille bourbon, voilà qu'il ne toussait qu'un pot-pourri de mots, sans une once de musique. Silence presque cacophonique ! Que diable lui avait-elle fait ? Elle avait mis ses sens en effervescence, mais ses sons n'étaient plus en ébullition. Ils restaient étouffés, coincés dans sa gorge frustrée et aphone. Voleuse de sons, semeuse d'essence et de pagaille, mutique, face à l'artiste et sa musique. Il contempla consterné ce qu'il venait d'écrire presque comme un automate ; une étrange potion sensorielle, un pêle-mêle de sensations, une dérive des perceptions :

Je te parfume en aquarelle
Te murmure en décibels

Je te goûte en palper-rouler
En hologramme, t'ai devinée

Je t'accable en voix suave
T'hume en bouquet de goyaves

Je crie, je hurle, je braille en braille
Je te range, t'ordonne, en pagaille

Je t'assourdis en murmurant
Je t'escalade en respirant

Je me calme en tachycardie
Je nous fredonne en poésie

Avec un pinceau linéaire
On s'décline en un exemplaire

Je te vocifère en sourdine
M'emporte en langage des signes

Je m'enflamme en léthargie
Puis je m'endors en insomnie

Je veux te sentir en baisers
Te dédicacer en privé

J'écrirai notre histoire au compas
Te dévorerai du bout des doigts

Mais je respire en digital
Je rêve sonore et vertical

Je nous pensais en musique
Mais je ne te ris qu'en tragique

Je vais t'défier en clé anglaise,
Même si tu files à l'écossaise

Comme tu m'assombris de lumière
Je vais chanter... en revolver

Il contemple médusé son fatras de fantasmes, méli-mélo d'envies et de projections étranges. Lou a mis ses sens sens dessus dessous. Pour qui se prend-elle ? Amour chrysalide, en bourgeons, saupoudré de silence ? Il ne renoncerait pas.
Alors, il interrogea tout le monde : le facteur, le marchand de glaces du coin de la rue, la vendeuse du magasin d'en face, le vieil homme du kiosque à journaux. Personne ne fut en mesure de lui répondre. Un soir, il envoya un livreur de pizza, un autre jour, un fleuriste ; là encore, personne ne parvint à la voir. « Que voulez-vous, vous vivez avec le fantôme à la vanille », dit ce dernier en riant, déposant devant sa porte le bouquet d'arômes choisi pour elle. Aucune réponse à son mot, à ses attentions. Le cache-cache tournait à l'impolitesse, la provocation. La guerre des nerfs et des nez était officiellement déclarée. Basile commençait à s'échauffer de cet interminable jeu de séduction, cette arrogance de fragrances. Alors, il empoigna son courage de ses mains de pianiste et alla sonner chez elle toutes les heures, pendant dix jours. Elle n'ouvrit jamais.
Les limites de Basile étaient atteintes. L'odeur de vanille devenait chaque jour plus capiteuse, plus étourdissante, les vertiges tournaient maintenant à la nausée. Lui, voulait battre la mesure avec Lou, mais elle, désaccordait tout, jouait faux. Pire, un chef d'orchestre maléfique semblait empêcher pour toujours la prophétique rencontre. Basile coulait sous des rêves caramel qui l'avaient fait fondre, mais sur lesquels il se cassait désormais les dents. Il perdait

pied avec la réalité. Le fil de sa marionnette déjà fragile était en train de se couper et de le lâcher dans le vide. Seule solution, lui tendre un guet-apens imparable, comme les Sioux capturent les mauvais rêves. Privé de sa musique, il n'avait pas dit son dernier mot. Il avait une double revanche à prendre.
La folie le grignotait de jour en jour, l'obsession le dévorait. L'artiste malade, éconduit, brûlait de passion et il fallait réagir, avant de se consumer totalement. En passant devant la caserne de pompiers à l'angle de la rue, il fut pris d'une idée des plus viles : *Lou Patience, je perds patience ! Je vais t'asperger d'essence, toi qui as capturé mes sens avec ton essence.*
Déclencher un incendie, voilà la martingale, qu'importe que le dessein soit sombre et tordu. Pas un véritable concert de flammes qui tournerait à la tragédie baroque, pas d'opéra tonitruant, mais une petite musique de chambre incandescente qui contraindrait fatalement Lou à sortir. Basile l'imaginait déjà affolée, blottie dans ses bras pour qu'il la rassure. Ils régleraient leurs comptes plus tard. Alors, il réfléchit, vérifia, anticipa, calcula tout, tel un savant fou : l'alarme se déclencherait rapidement, tout le monde aurait le temps de sortir, on serait en pleine journée et il n'y avait aucun risque majeur, pas de danger mortel, quelques dommages matériels à prévoir, et encore, la caserne de pompiers se trouvait à quelques mètres seulement. Le feu partirait de la cave et l'on penserait à une négligence, un mégot mal éteint, un défaut d'installation. L'odeur de brûlé masquerait provisoirement celle de la vanille, mais qu'importe, il la respirerait après à volonté, car Lou serait dans ses bras protecteurs. *Oui, c'est une bonne idée, le jeu en vaut la chandelle et les risques sont minimes*, se répétait-il en boucle. Puissance de l'alarme, proximité

des pompiers, pleine journée, trio gagnant d'un risque calculé.

Il se mit à l'œuvre. Méthodiquement, scrupuleusement, il s'exécuta, entre transpiration et lucidité définitivement perdue, dans la pénombre de la cave. Quelques cagettes et boules de papiers firent l'affaire. Des partitions de son ancien lui, réduites bientôt à néant ; tout un symbole ! Rien ne le fit douter. Un artiste passionné est entier, excessif, prêt à tout. Il détestait le tiède et la demi-mesure. Il aima jusqu'au son de la roulette sur la pierre de son briquet. L'odeur de brûlé, de combustion, le grisa aussi. Le mélomane-pyromane regarda la mèche s'enflammer, avec la même chaleur que son obsession. Grâce à son plan millimétré, ses rêves au moins ne partiraient pas en fumée.

L'alarme se déclencha aux premières étincelles, une musique stridente, angoissante, mais que ses oreilles étourdies d'excitation trouvèrent divine. Ne pas rester figé. Il savourerait plus tard. Il aurait le temps. Tout se déroulait à merveille. Basile s'éclipsa donc pour ne pas être suspecté. Il arriva de l'extérieur un quart d'heure après, avec un sac de courses, pour contempler les flammes avec les badauds, en simulant son inquiétude. La vieille dame était sortie avec son chien, les autres voisins n'étaient pas là. Basile attendait nerveusement la principale intéressée. Les pompiers étaient arrivés en moins de dix minutes.

Le temps se figea tel un éclat de cymbale…

Le feu avait été maîtrisé. Une odeur de soufre flottait encore sur le périmètre. Il reste une jeune femme à l'intérieur, racontaient les passants. Les uns retenaient leur respiration, les autres formaient un attroupement bruyant et lançaient pronostics et commentaires en tous genres. La rumeur grandissait aussi vite que la chaleur retombait. Deux des hommes chargés de l'opération descendirent soudain, le

visage fermé, portant sur un brancard, un corps recouvert d'un drap : ils n'avaient rien pu faire. La victime s'était probablement assoupie avant le drame. Silence vaporeux dans un décor blafard. La couverture du ciel avait agrippé de ses doigts l'infime fil du temps suspendu en balancelle au-dessus d'une scène d'enfants jouant à loup glacé. Peinture macabre, jeu cruel…
Basile avait tout prévu, oui… tout, sauf le hasard, sauf une envie de sieste, sauf le vent, qui avait accéléré l'embrasement par la fenêtre de la cave et transformé son incendie de pacotille en un funeste bûcher. Les pompiers tendirent à Basile un coffret mauve portant son nom, retrouvé à côté de Lou. Atone et démuni, il l'ouvrit de ses doigts asphyxiés, avec un regard d'enfant éploré :

Dans ce flacon, j'ai enfermé notre musique. J'espère que nous la respirerons ensemble. Les rencontres se méritent. Voici notre Fumet-lodie à la vanille. Je m'appelle Lou Patience et je prends mon temps.

Tremblant, il saisit ensuite une fiole raffinée. Elle contenait le parfum interdit, arme du crime malgré lui, qui avait fait passer Basile de victime consentante à bourreau repenti. Il déboucha le talisman devenu suaire. Une ribambelle de doubles croches enlacées s'envolèrent, des amants fougueux sortirent à l'unisson, tels des pétales vaporeux sentant la vanille et l'espoir, promesse d'une partition à quatre mains. Une brume volatile de notes rebondies et joyeuses embauma de tiaré son cœur en miettes ; des notes parfumées, en forme de ballerines graciles et pétillantes, tournant à l'infini sur une boîte à musique. Lou devait leur ressembler. Il ne le saurait jamais.

L'arbre à papillons
Daniel Augendre

Elle l'avait découvert lors de la visite guidée d'un jardin botanique. Elle n'avait pas retenu l'appellation « savante » de l'arbuste : sa mémoire de vieille femme, bientôt octogénaire, n'en avait plus la capacité ! Mais elle se souviendrait du nom commun : « L'arbre à papillons ».

Elle n'avait pas, vraiment, porté son attention sur la ramée et le feuillage, d'un beau vert foncé. Les fleurs, seules, l'avaient captivée. Non pas par leur aspect : les grappes allongées et pyramidales se dressaient comme de communs épis de lupin bleu. (Quoique leurs couleurs fissent, plutôt, penser à des thyrses de lilas violet foncé...).

C'étaient les explications du guide qui l'avaient fascinée : le nectar floral de cette plante attirait, irrésistiblement, tous les lépidoptères, diurnes ou nocturnes ! D'où son nom. Effectivement, autour de l'arbrisseau, un papillonnement multicolore et ininterrompu donnait au végétal, immobile par l'absence de vent, une aura de vie palpitante. Un frémissement polychrome...

Elle restait là, étonnée et charmée. Émue par cette affinité, cette attirance intime entre la fleur et l'insecte. Elle décida, sur le champ, de posséder un tel arbre dans son jardinet !

Dans l'autocar qui ramenait son groupe de touristes dans sa petite ville, elle imagina, rêveuse, l'endroit précis où elle le planterait : à l'angle des murs de sa ruelle et du jardin voisin ; à l'abri du vent, mais en plein soleil. Ainsi, elle l'apercevrait depuis l'étage de sa maisonnette. (Les fenêtres de sa chambre et de sa pièce de séjour donnaient sur son arpent de terrain.) Satisfaite de sa décision, elle se laissa aller à somnoler, bercée par le ronronnement du moteur.

Le pépiniériste qu'elle interrogea ne connaissait pas « l'arbre à papillons »... Il lui promit, cependant, de l'identifier et de le lui fournir. Elle précisa qu'elle voulait un plant suffisamment grand pour une floraison rapide : elle était âgée et elle n'avait pas le temps d'attendre la pousse d'un scion paresseux.

L'horticulteur tint parole et, peu de temps après, lui livra, dans un énorme pot en plastique noir, un arbuste vigoureux qui était, déjà, plus grand qu'elle. Il la conforta dans son choix de l'emplacement et se mit, aussitôt, à l'œuvre pour le planter. Quand il en eut terminé, il procéda, au sécateur, à un toilettage rapide : quelques brindilles inutiles et une branche disgracieuse. Elle était impatiente de se retrouver, en tête à tête, avec « son arbre ». Il avait belle allure et sa prestance valorisait, étonnamment, tout son petit jardin.

Ce soir-là, elle s'endormit avec de la joie plein le cœur.

Chaque matin, en ouvrant ses volets, elle scrutait le feuillage sombre ; la floraison, tant attendue, annonçait ses prémices bourgeonnantes. Elle avait une impatience juvénile, comme à la veille d'une fête !

Quand les belles grappes violettes s'épanouirent, enfin, elle connut une brève angoisse : les papillons seraient-ils au rendez-vous ? Elle fut vite rassurée ! Rapidement, son cher arbre s'anima de dizaines de petites ailes colorées et clignotantes. Elle pensa aux sapins de Noël de son enfance, avec ses guirlandes de petites ampoules électriques intermittentes et de toutes les couleurs... Et, aussi, à un ciel nocturne d'été avec ses myriades d'étoiles scintillantes. Mais... ces comparaisons ne pouvaient pas rivaliser avec son bel arbre ! Le vol léger et folâtre de ce bouquet de petites fleurs n'avait pas d'égal. En hiver, elle aimait voir voltiger les gros flocons de neige. Mais ils étaient monotones et, bien que blancs, un peu tristes... Alors que ses petits danseurs chamarrés l'éblouissaient par les reflets métalliques de leurs ailes irisées, tout en exécutant leur ballet erratique.

Subjuguée par ces insectes merveilleux, elle voulut mieux les connaître. Elle acheta un livre traitant spécifiquement du sujet. Quand elle l'ouvrit, à la première page, elle lut une citation poétique qui la ravit. C'était un extrait des « Histoires Naturelles » de Jules RENARD : « Le papillon : ce billet doux, plié en deux, cherche une adresse de fleur... ».

Elle-même s'était plu à imaginer que les papillons contaient fleurette aux belles grappes aubergines... Elle apprit la phrase par cœur avant de commencer sa lecture. Elle découvrit, incrédule, qu'il existe cent vingt mille espèces de lépidoptères sur notre planète ! L'image de la voûte céleste, une nuit d'été, s'imposa de nouveau : elle ressentait le même vertige devant cette immensité ; la même impossibilité à imaginer cette infinité. Elle décida d'en circonscrire l'identification aux seuls hôtes de son arbre. Encore se limiterait-elle à la connaissance du nom commun, l'appellation latine lui semblant trop difficile à mémoriser.

La pâle Piéride lui était déjà familière. Elle sut la distinguer du « Citron de Provence » qui a l'éclat du bouton d'or. Le « Tabac d'Espagne », d'un beau brun orangé, nervuré de noir, lui sembla d'une élégante sobriété. Elle traqua, plusieurs jours en vain, le « Zygène de la filipendule » dont l'appellation l'amusait. Elle fut éblouie de l'apercevoir, enfin, reconnaissable à sa forte paire d'antennes renflées... Mais aussi à ses ailes postérieures noires, tachetées de rouge et de blanc, accolées aux élytres d'un bel ocre. Elle sut identifier, à coup sûr, le vol vif de la « Lycène » aux teintes bleue pour la femelle, et orangée pour le mâle.

Plus elle progressait dans son exploration de l'espèce, plus elle prenait plaisir à connaître ce petit monde animalier. Des noms l'enchantaient : la « Belle-Dame », le « Vulcain », la « Diane », le « Petit Mars »... Il y avait aussi le « Paon du jour », la « Grande » et la « Petite tortue »... Et le « Sphynx gazé » aux ailes transparentes ! D'autres papillons la séduisaient par les vives couleurs de leurs ailes bigarrées : la « Vanesse » et le « Morio », le grand « Machaon », alias « Porte-queue »...

Elle ne se contenta plus de les admirer depuis sa fenêtre. Elle s'enhardit à s'approcher de l'arbre. Elle s'étonna de ne pas perturber, par sa présence, l'inlassable et virevoltante quête du nectar des grandes fleurs violacées. Grisée par la chorégraphie insouciante et débridée de toutes ces pétales musardantes, elle parvint, progressivement, jusqu'à toucher le feuillage ! Elle était, maintenant, au milieu d'eux, avec eux. Elle en conçut un chaud plaisir, une joie profonde : elle se sentait acceptée, adoptée.

Une belle « Vanesse » ambrée vint se poser sur son bras. Elle retint son souffle. L'insecte joignit ses ailes tachetées de noir et bordées de petits croissants de lune jaunes. Comme on referme un livre. Le cœur battant, elle eut la certitude que leurs regards se croisaient. Elle en fut troublée. Le temps sembla s'arrêter, tout à coup. Et puis, l'insecte épanouit sa belle corolle membraneuse et s'envola. La quitta. Elle essaya de suivre, des yeux, la fuite zigzagante de cette petite flamme saccadée.

Elle était, maintenant, au centre d'une nuée d'insectes chatoyants et rôdeurs. L'image d'une poignée de gros confettis multicolores lancée sur elle lui vint à l'esprit. L'idée lui plut pour son contexte festif. D'autres papillons se posaient sur elle, en douceur. La façon qu'ils avaient de refermer leurs ailes lui fit penser aux fleurs des pourpiers sauvages qu'elle laissait pousser dans les allées de son petit jardin : chaque fin d'après-midi, les délicates petites rosaces se referment, éteignant leurs lampions pastel. Une autre image s'imposa, encore, souvenir d'un voyage en Andalousie : un éventail déployé, finement décoré et mollement agité d'un langoureux mouvement de va-et-vient qui, tout à coup, se replie, comme un soufflet d'accordéon qui expire…

L'automne vint sans qu'elle y prît garde, son arbre ayant un feuillage persistant. Pourtant, les fleurs s'étiolaient et les papillons étaient moins nombreux.

Elle apprit, encore, dans son livre, deux informations ; l'une l'amusa, l'autre la consterna : d'abord, certains papillons changent de livrées, du début du printemps à la fin de l'été. Leurs teintes évoluent, par exemple, de l'orange au brun foncé. Ce dimorphisme saisonnier (elle n'aimait pas du tout ce mot barbare…) permettait à l'insecte d'échapper à ses prédateurs en se fondant dans un environnement végétal lui-même en évolution. Et puis… l'imago — le lépidoptère adulte — a la vie courte. Il périt, immanquablement, dès l'hiver venu. Bien sûr, au printemps, les chenilles deviennent chrysalides… De nouveaux papillons viendront clignoter autour de son arbre. Et la fête recommencera ! Mais elle était peinée de perdre, ainsi, tous ses amis d'une année. La seule pensée qui la consolait était que son arbre accueillerait leurs descendances. En quelque sorte, leurs orphelins…

Elle appréhenda l'hiver qui allait non seulement la priver des fleurs de son jardin, mais des butineurs de son arbre. Certes, elle avait son livre, à lire et à relire. Elle y découvrait, à chaque page, de nouvelles informations. Elle avait l'impression de pénétrer, de mieux en mieux, l'intimité de ses chers papillons. Elle regrettait de ne pas pouvoir voyager pour aller admirer d'autres espèces « in situ » : la grande « Uranie » malgache ou le « Morpho » d'Amérique du Sud tropicale, dont le mâle est bleu et la femelle marron… Et, aussi, le « Papillon-feuille » d'Asie du Sud-Est à la parure si bien foliacée qu'il est invisible sur les végétaux !

C'est au cours d'une triste soirée de décembre qu'elle eut « son idée ». Elle se savait fragile et vulnérable. La mort ne l'épouvantait pas, en soi, mais elle redoutait d'être privée de son arbre et de la farandole ininterrompue de papillons qui l'encerclait en batifolant. Elle visita le cimetière et repéra un emplacement libre, contre le mur d'enceinte. Entre ce dernier et la tombe qu'elle ferait construire, il y avait suffisamment de place pour y transférer son arbre, le jour où elle décèderait. Elle fit donc son testament. Elle y précisa cette dernière volonté. Elle désigna, nommément, l'horticulteur qui devait transplanter son cher feuillu. (C'était, bien sûr, le pépiniériste qui le lui avait vendu…).

Quand la tombe fut construite et le testament déposé chez le notaire, elle ressentit une grande sérénité. Une douce quiétude. Plus rien de fâcheux ne pouvait lui arriver.

Cet hiver-là, elle prit froid et fut hospitalisée pour une broncho-pneumonie. Le médecin lui expliqua que son arbre bronchique était gravement infecté ; ses bronchioles, obstruées, peinaient à s'ouvrir et à se refermer. Elle l'interrompit :
— Comme des ailes de papillons ?
Il la regarda, étonné. Il n'avait jamais, bien sûr, pensé à cette image. Elle lui sembla poétique et pertinente. Il se promit de l'introduire, à bon escient, dans le cours d'anatomo-pathologie qu'il enseignait à l'École de médecine.

Quelques jours plus tard, la vieille dame mourut.
En paix ; en souriant.
Sa dernière vision onirique fut une sarabande irisée de papillons qui dansaient dans la lumière blanche de sa chambre d'hôpital…
Puis, elle referma ses ailes, comme on le fait d'un livre achevé.
Dehors, des brimborions de neige voltigeaient, feux-follets, sur « l'Arbre à papillons ».

B.B. blues
Julie Palomino-Guilbert

Ma chambre est noire, toute noire. Il y fait nuit même en plein jour. Mes poings sont crispés sur l'obscurité épaisse qui m'enveloppe comme une couverture soyeuse. La noirceur me rassure. Parfois, sous mes paupières closes, je vois les ténèbres imparfaites fourmiller de couleurs et être éclaboussées par des vagues de grisaille — à moins qu'il s'agisse des premiers sursauts de mon imagination.
Ma chambre est petite, toute petite. J'y tiens à peine, pelotonné tout contre les parois lisses et tièdes, baignant dans un paradis aussi temporaire qu'artificiel. La chaleur me drape de vapeurs légères et souffle sur mon front le repos des innocents. Mon corps flotte sans force, sans poids et sans souci, dans le bonheur d'une paisible goutte d'eau. Mon voyage vers la vie s'écoule sans heurts dans mon petit océan de paix. Le temps file et fend les flots des jours avec fluidité. À défaut d'avoir la tête en l'air, j'ai la tête à l'envers et le cerveau de travers. Mes pensées se cassent la figure dans un joyeux bazar ; j'en saisis parfois une à la volée, mais elle retombe dans l'oubli aussi vite qu'elle m'est apparue, sous un tas d'autres songes que j'ai encore à imaginer.
Ma chambre est douce, toute douce. Le monde extérieur s'agite au-dehors et s'écrase contre les murs de peau. Seuls quelques mots isolés et des éclats de voix s'échouent jusqu'à mes oreilles. J'apprends à les reconnaître et à les aimer, petit à petit. Le temps m'enseigne leurs fêlures, leurs

fausses notes et leurs échos. C'est un fragment d'un autre monde qui s'invite dans le mien, comme un radeau à la dérive accosterait sur un rivage inconnu. De temps à autre, je perçois de lointaines pulsations qui remuent mes entrailles en cadence. Des sons colorés, tour à tour chauds, froids, durs et moelleux, résonnent à l'intérieur de moi pour vivre une deuxième fois. Mes membres engourdis d'un vague sommeil s'abandonnent à la berceuse de la respiration sourde, puissante et tranquille, de l'être que je ressens tout autour de moi. La mer, la mère, deux mots et une même mélodie. Ma goutte d'univers oscille au moindre de ses mouvements, mon sang est tout frémissant de ses atomes mêlés aux miens. Nos paroles serpentent dans nos veines sans passer par nos lèvres et arrivent droit au cœur.

Ma chambre est ronde, toute ronde. Elle tient à arrondir les angles. Rien ne peut blesser ou meurtrir ; ici, la mort n'est pas encore née. Les courbes s'embrassent et se mélangent dans une tendre lascivité. Ma tête repose contre la paroi incurvée en attendant de se frotter à la vie qui s'étend par-delà les murs et que je sens bouillonner. À quoi ressemble-t-il, cet inconnu infini ou cet infini inconnu ? Je le ressens sans le connaître. Son vacarme m'attire autant qu'il m'effraie, car le bonheur, ici, ne fait jamais de vagues. Parfois, les parois se blottissent au creux de mon épaule comme si j'étais leur unique raison d'exister. Sans moi, se refermeraient-elles sur le vide laissé par mon absence ? Si je partais, est-ce que la chambre disparaîtrait ?

Ma chambre n'a pas de porte, mais elle a une fenêtre dont les rideaux roses sont toujours tirés. Un jour, j'aurai la force d'ouvrir les yeux et les rideaux. Mais ce jour n'est pas arrivé. Pas encore. Pour l'heure, mes paupières voilent mon existence d'un possible ailleurs, et je ne peux voir nulle autre part qu'en moi-même. Mon cœur à fleur de peau esquisse ses premiers battements. Il hésite, se trompe de rythme et cherche son harmonie. Dans mon cocon, à l'abri des tempêtes de gens et des pluies de mots, je construis ma propre carapace de rêves. Je tisse étroitement, dans un instinct d'urgence, des liens d'amour, de chair et de sang, entre moi et la chambre, entre moi et la peau, cette peau tout autour de moi qui me protège et m'emprisonne. Je ne sais d'où me vient l'étrange conviction que le cordon invisible qui m'y rattache ne peut pas être coupé.

Ma chambre est petite, trop petite. À présent, c'est moi qui suis écrasé contre ses murs de peau. Mon cœur a enflé, ma tête a grossi, mon corps aussi, et mes questions prennent de plus en plus de place. Mon bout de monde se rétrécit, mais je veux élargir mon horizon. Je cherche la sortie. Bientôt, je la trouverai, je le sais. J'y suis presque. Je donne des coups de pied aux parois comme si j'espérais qu'elles se poussent gentiment. Mes doigts parcourent fiévreusement leur relief irrégulier pour y arracher des réponses, mais la chambre se mure dans le silence. L'obscurité préfère me bercer d'obscurantisme plutôt que m'éclairer. Tout reste étrangement calme. Mon rythme cardiaque bat la mesure du temps qui passe, et j'attends, j'attends, sans savoir quoi.

— *Et soudain, les murs se déforment, se referment par à-coups sur mon corps écrasé. Je ne peux pas lutter. La peau glissante resserre son étreinte de serpent autour de mes membres broyés. Mes os se cassent en morceaux de terreur. Ma tête est prise dans un étau dont la pression augmente à chaque instant. La douleur enfle sous mes tempes, déchire mes certitudes, fait pleuvoir des éclairs sur mon crâne comprimé. Des vertiges, comme des diablotins, m'entraînent dans une ronde infernale qui accélère, accélère, accélère sans fin. Mon petit océan, si calme d'habitude, gifle mes joues salées. Les rideaux roses*

s'entrouvrent. Un rayon clair me transperce la paupière. Je tangue, je tombe, tout va s'effondrer. Le puits de lumière s'élargit jusqu'à être un trou béant qui m'aspire, m'aspire de toutes ses forces. Ma chambre, mon monde fait naufrage et je chavire avec lui. L'air glacé s'engouffre à gros bouillons. Mon nez, ma bouche, mes yeux et mes oreilles sont noyés de lumière traître. Je cherche mon souffle. Ne le trouve pas. Mes poumons prennent feu. Le froid me brûle. Le jour m'avale. Ma souffrance jaillit en une fontaine de larmes et de hurlements.
J'ouvre les yeux. —

La chambre est blanche, toute blanche. Son ciel est immaculé. Pas de nuages à l'horizon. Le soleil dort dans une ampoule de verre. Des vents contraires, venus d'autres bouches, se bousculent. Ma peau rencontre d'autres peaux, douces, rugueuses, lisses, fripées. Des sons et des couleurs déferlent sur les rivages de ma conscience. J'entends, je sens, je vois, je respire.
Le monde paraît trop vaste tout à coup pour que j'y aie ma place. Peut-on trouver une seule preuve sur Terre que l'on veut bien partager un peu de vie avec moi ? Mon ancienne chambre était l'assurance d'un lieu sûr, aimant et protégé. J'ai peur de ne pouvoir y retourner, pourtant je pressens que je ne la quitterai jamais vraiment. Ce qui nous lie est plus fort que l'oubli. Mon nouveau monde serait-il le début d'une errance sans fin à tenter partout de retrouver l'ancien ? Mon cœur est juste assez grand pour accueillir un espoir : que la Terre soit pour moi la plus douillette des chambres.

Je cherche des réponses à mes angoisses dans le chant de la poitrine à laquelle mon oreille est collée. Son tambour régulier semble vouloir me transmettre un message dont je décèle, à défaut des mots, l'élan et le sens. Mon cœur répond au cœur. Doucement, nous nous accordons et vibrons à l'unisson.

Un sourire hésitant chatouille mes lèvres et escalade mes joues.

Le tragique destin du petit comte Arbour
(Anti-conte[1] à l'usage des anciens enfants)

Albert Dardenne

À un jet de pierre de la Grand-Place de Bruxelles trône une statuette qui nargue les touristes. Mais son origine leur est curieusement méconnue. La plupart ignorent en effet les étranges circonstances qui ont présidé à son arrivée en ces lieux.

J'allais commencer à conter son histoire par le classique « Il était une fois… », mais un de mes petits-enfants, expert en matière de contes, me souffle à l'oreille qu'en l'occurrence il serait plus judicieux de dire : « Il était une *toute petite* fois… ».

Dont acte !

Il était donc « une toute petite fois » une île du nom d'Antilia. Rares sont ceux qui en connaissent l'existence, mais cela n'a rien d'étonnant : c'est un modeste comté indépendant dont les habitants, s'inspirant de la pensée de Florian « Pour vivre heureux, vivons cachés », ont toujours tout fait pour ne pas être remarqués. C'est au point que, quand Wikipédia en parle, le site se montre particulièrement prudent et laconique : « *Antilia : île fantôme de l'océan Atlantique prétendument située à l'ouest du Portugal.* » Le nom d'Acontrario, la capitale, n'est même pas cité.

Si l'on ajoute que l'île est en quelque sorte protégée par une branche secondaire du Gulf Stream qui dévie systématiquement la route de tous les bateaux qui croisent

---

[1] En effet, tout y est bien qui finit… bien mal.

au large de ses côtes, on conviendra que la nature elle-même contribue à épargner à Antilia l'afflux des curieux. Seuls quelques naufragés se sont parfois vantés, au Bar de la Marine, d'avoir atteint ses plages en nageant à contre-courant.

D'après l'un d'eux — que tout le monde appelle Barrique à cause de son gros ventre — les Antiliens ont un mode de vie très particulier : ils sont systématiquement opposés à tout ce qui se pense, se dit, se fait ou se défait dans le reste du monde. Ils sont par principe adeptes de ce tout qui est « anti ». Ainsi, par exemple, le courrier sur l'île est-il systématiquement antidaté. Plus étonnant, les médecins ne soignent là-bas qu'au moyen d'antibiotiques ou d'antiseptiques. Quant aux prostituées, il y a longtemps qu'elles ont renoncé à exercer leur pratique : s'entichant systématiquement de leurs clients, elles répugnaient à les faire payer. C'est de cette obsession du « contre » que viendrait le nom de l'île : « Anti-ilia ». Des linguistes versés en onomastique expliquent de la même manière l'origine des patronymes locaux.

Toujours d'après Barrique — mais il en était à sa quatrième bouteille de rhum — la dernière fois que la population antilienne se serait montrée d'accord avec quelque chose, c'est à la fin du XVIIIe siècle, quand fut choisie pour devise du pays la formule « S'il t'arrive de penser comme tout le monde, fais une pause et réfléchis[2] ».

Notre histoire se déroule à Antilia, sous le règne du comte Ancieux et de son épouse, la comtesse Thataire.

***

---

[2] Inspiré de Mark Twain: *"Whenever you find yourself on the side of the majority, it is time to pause and reflect."*

Ce jour-là donc, dans les faubourgs d'Acontrario, les habitants du quartier de l'Anti-Caire trouvèrent fermée la porte du traiteur Antipasti.

Très vite, un attroupement se forma et les commentaires allaient bon train.

— Bizarre, bizarre, serina le musicien Antiphonaire.
— Comme c'est étrange…
— Se jouerait-il là un drôle de drame ?
— Vous vous rendez compte ? Antipasti se claquemure.
— Porte fermée, comme c'est curieux…
— C'est surtout antisocial !
— À qui le dites-vous ! Et sans prévenir, en plus.
— Il est peut-être malade, risqua le pharmacien Antidote.
— Ou mort ?
— Mais non, coupa l'abbé Antimoine, curé de la paroisse, s'il était mort, je le saurais.
— Évidemment, et les pompes funèbres Antigone seraient déjà sur le coup.
— Pas faux. Mais ça ne me dit pas ce qu'on va manger ce midi, glapit la vieille Antipathique.
— Vous ferez comme les autres, ma bonne dame : des pâtes ou des patates, trancha le professeur Antiphrase.

À ce moment, la porte s'entrebâilla enfin sur un Antonio Antipasti échevelé, au comble de l'excitation. Du coup, tout le monde se tut et se retrouva pendu à ses lèvres.

— Mes chers antis… C'est la catastrophe… Rentrez vite chez vous et barricadez-vous. La nuit dernière, El Coronador est ressorti du marais où on le croyait englouti à tout jamais. Il a pénétré chez moi, a dévoré tout mon stock et a foudroyé ma femme Tina d'un seul coup d'œil. Maudit soit son regard.

Aussitôt, un vent de panique se mit à souffler sur le petit groupe, qui s'égailla sur-le-champ pour répandre la nouvelle : El Coronador, le géant sanguinaire et jeteur de sort, était de retour. Dans le quart d'heure, le château était mis au courant et le comte Ancieux convoquait son conseil en urgence. Il n'y alla pas par quatre chemins :
— Si j'ai réuni ce matin l'Antichambre des Représentants, dit-il, c'est que l'heure est grave. La bête immonde a ressurgi.
— Messire Comte, est-on sûr qu'il s'agit de la créature ? Il n'y a pas eu pétrification de la victime et, à ce qu'on dit, c'est pourtant l'effet immédiat de la simple inhalation d'un des postillons du monstre. Peut-être ne s'agit-il que d'un anodin terroriste étranger à l'île…
— Monsieur le Conseiller, aujourd'hui exceptionnellement, ne niez pas l'évidence, voulez-vous. S'il n'y a pas eu pétrification, c'est que la victime a heureusement eu le souffle coupé et n'a donc rien inhalé, c'est ce qui lui sauve la vie. Mais il y a bien eu ensorcellement. Ce n'est pas à vous que je dois apprendre qu'El Coronador est la seule créature connue capable d'étrécir ses victimes par électrocution oculaire.
— Et c'est le cas ?
— Sur une seule décharge du regard du monstre, Mme Antipasti a vu sa taille subitement diminuer de moitié : elle ne mesure plus que 80 cm et son vocabulaire s'est subitement restreint à celui d'un enfant de deux ans peu en avance pour son âge. J'ajoute que, dès que son mari lui a palpé un sein afin de s'assurer que c'était bien sa femme et qu'il ne rêvait pas, elle s'est illuminée pendant dix minutes mieux qu'un sapin de Noël. Ça vous suffit comme démonstration ?
— Oui, évidemment, vu sous cet angle…

— Attention, intervint en salivant le malicieux Antirailleur, a-t-on vérifié si le sortilège agit aussi en cas de palpation… comment dire… euh… extraconjugale ?
— Je reconnais bien en vous le vérificateur des Poids et mesures, Monsieur le Conseiller. Et puisque c'est ce détail qui vous intéresse, je vous propose de le vérifier moi-même sur votre épouse, si elle devait être rétrécie à son tour prochainement, coupa le comte, sarcastique.

Le sensuel et très jaloux Antirailleur dont les généreux attributs de la femme ne trouvaient à se nicher que dans des bonnets K, se le tint pour dit et ne pipa plus mot.

Bref, après une heure de débat, l'Antichambre des Représentants aboutit à la conclusion qu'on ne pouvait, dans le cas présent, s'obstiner à nier l'évidence et que le plus simple pour en revenir à la normale serait sans doute l'intervention inopinée d'un héros chevaleresque et désintéressé. Il viendrait à bout du monstre — à la rigueur en y laissant sa peau — et le comté pourrait retrouver sa quiétude perdue.

Un héros, c'était vite dit, mais qui ?

Sentant les regards se tourner vers lui, le comte Ancieux se leva alors lentement de son trône et fit remarquer solennellement deux choses : primo, une légère raideur du côté des vertèbres lombaires l'empêchait — bien à contrecœur — d'assumer personnellement ce rôle de héros et secundo, il était assez compliqué de concevoir une intervention « inopinée » quand on ne cessait de la guetter.
— QUOIQUE ! tonitrua subitement dans son dos une voix aux accents incontestablement héroïques.

C'était celle du fils unique d'Ancieux, le jeune comte Arbour, qui parut tout à coup. Bravant l'interdiction de sa mère, la comtesse Thataire, il s'était glissé dans la salle du conseil et avait suivi le débat, dissimulé derrière le trône paternel. Gavé de récits épiques dès son plus jeune âge, le gamin venait d'avoir quinze ans et brûlait à présent d'égaler, voire de surpasser par ses exploits les Tristan, Lancelot et autres Rodrigue.

— Je comprends, dit-il, que mon père ait passé l'âge de courir derrière El Coronador. Un comte courant, d'ailleurs, n'offre jamais beaucoup d'intérêt. En ce qui me concerne, je suis jeune, il est vrai, mais je suis prêt à le remplacer.

Et comme pour donner du poids à son intervention, d'un coup sec de la sarbacane dont il aimait jouer, il écrasa contre le dossier du trône paternel la mouche qui venait de se poser insolemment sur l'épaule du comte.

Un frisson d'espoir parcourut l'Antichambre des Représentants. Mais personne n'osait piper mot. Chacun continuait à lorgner discrètement vers le comte Ancieux qui, sous le coup de l'émotion, s'était vu contraint de se rasseoir, en proie à un cruel dilemme. Il se devait de payer de sa personne pour défendre son peuple, certes. Mais s'il avait jadis été de l'étoffe dont sont faits les héros, cette étoffe, en ce qui le concernait, était aujourd'hui assez franchement râpée. Par ailleurs, s'il laissait son rejeton affronter le géant, l'ignoble El Coronador ne manquerait pas, sinon de le pétrifier d'office d'un postillon fatal, à tout le moins de l'étrécir d'une décharge bien placée. Allait-il permettre que le prétendant au trône soit ainsi ramené à une taille de bambin et qui plus est de bambin bercé par sa mère trop près du mur ? Il n'y avait qu'à voir l'état de Tina, la femme d'Antipasti, pour mesurer l'étendue des dégâts : une naine dont le QI était devenu inférieur au niveau de la température ambiante un jour de la fête des Saints

Innocents. Ah décidément, Arbour venait de rater une superbe occasion de se taire !

Mais il était écrit qu'Ancieux boirait ce jour-là le calice jusqu'à la lie. Galvanisé par son public, l'adolescent venait d'enchaîner, soudain lyrique :
— Je suis né comte Arbour, rien ne peut m'arrêter.
Et si mon corps un jour se voit rapetissé,
Ce sera de vieillesse, ayez-en l'assurance.
Dans mon sac, il y a aujourd'hui plus d'un tour
Et je vous le proclame, avant qu'il soit trois jours
El Coronador va s'empaler sur ma lance.

D'un coup, tous les conseillers partirent dans une ola enthousiaste : ils avaient trouvé leur sauveur. Seul un vrai héros pouvait, en effet, s'exprimer aussi élégamment en alexandrins : la littérature en débordait d'exemples. Bref, le comte Ancieux n'avait vraiment plus d'autre choix que celui d'adouber son fils sur-le-champ. Il s'exécuta donc, blême à l'idée qu'il allait devoir d'une part annoncer la nouvelle à sa femme et d'autre part sans doute décréter avant qu'il soit longtemps une semaine de deuil national.

Le jeune aspirant héros, lui, ne l'entendait pas de cette oreille et personne ne s'étonnera d'apprendre qu'il décomptait impatiemment les heures, les minutes, les secondes qui le séparaient de son affrontement avec l'abominable géant (quoi de plus naturel dans le chef d'un comte Arbour ?).

Mais qu'on ne s'y trompe pas : sa fougue juvénile n'étouffait pas sa réflexion et il était bien conscient que si, dans un élan lyrique, il avait laissé entendre une dextérité au maniement de la lance, celle-ci était toute théorique. Son domaine d'expertise pratique se cantonnait en réalité à l'utilisation de la sarbacane. Il y avait quelques talents, c'est vrai. Conscient de ses limites, mais fermement convaincu du bienfondé de sa mission, il décida alors de prendre conseil auprès de son précepteur, le professeur Antanaclase, sur le *modus operandi* à adopter.

Le vieux savant reçut son courageux élève avec bienveillance et commença par le rassurer, en réduisant la « lance d'achoppement » au statut moins piquant de simple métaphore poétique. Cela fait, il incita le jeune homme à aborder son adversaire en jouant de la ruse et lui rappela l'histoire de David et Goliath. Si bien qu'une heure plus tard, c'est gonflé à bloc que le jeune Arbour concevait son plan d'attaque, s'armait en conséquence et partait à la recherche du terrible El Coronador.

***

Il espérait en découdre au plus vite, mais la traque se révéla plus longue que prévu et de toute la journée, le géant resta introuvable. Bref (comme l'a écrit l'auteur d'une tout autre histoire), il y eut un soir, il y eut un matin, ce fut le deuxième jour.

Au château, la comtesse Thataire s'était murée dans un silence réprobateur. Ainsi son mari acceptait cyniquement d'envoyer leur fils unique à la mort, la privant du même coup d'un veuvage glorieux ! Mais quelle mouche l'avait donc piqué ?

De son côté, le comte Ancieux n'en menait pas large. Torturé plus par son statut d'anti-héros que par la mésentente conjugale qu'il espérait passagère, il se devait de faire bonne figure aux yeux des Antiliens. Il avait déjà recommencé trois fois le texte d'une allocution de circonstance et craignait que son projet de stèle à la mémoire de son fils ne soit pas du goût de ses sujets. En quoi il se trompait, car le même jour, submergé par les demandes, l'abbé Antimoine improvisait, pour soutenir la démarche du jeune héros, une procession de supplication inspirée du modèle des rogations. Les lamentos pour le salut de l'âme du jeune héros s'y succédaient, même si, entre deux cantiques, les fidèles se poussaient du coude pour épingler la présence solitaire d'Antonio Antipasti et se susurrer sous le manteau :

— Il paraît que la Tina est gardée par Angèle, la femme d'Antirailleur.
— Ça lui changera les idées, la pauvre, on dit qu'il ne veut plus qu'elle sorte.
— Qui ? Tina ?
— Mais non. Angèle. Son mari stresse à mort, Dieu sait pourquoi, à l'idée qu'on pourrait emboutir le parechoc de sa moitié. Enfin, quand je dis sa « moitié »…

Dans l'ignorance de ce mille-pattes qui sillonnait places, rues et venelles de la capitale, Arbour, confiant dans sa bonne étoile, parcourait bourgs et villages, collines et vallons à la recherche toujours vaine du terrible géant.

Il y eut donc un autre soir, puis un autre matin. Ce fut le troisième jour.

La comtesse boudait toujours. Le comte repartait d'une page blanche sans trouver l'inspiration, agacé qu'il était par les gémissements s'élevant de la procession qui serpentait derechef dans les rues d'Acontrario.

De son côté, Arbour, arrivant aux confins de l'île, commençait à douter de l'efficacité de sa quête quand (c'était l'heure de la sieste) il tomba sur El Coronador profondément assoupi à l'ombre de la falaise des Antipodes. S'approchant à pas de loup, il chargea sa sarbacane d'une boulette de pain gorgée de miel et parvint, sans réveiller son adversaire, à la lui coller sur le bout du nez. Puis il opta pour une position de repli. Attirées par l'arôme du miel, des colonnes de fourmis convergèrent bientôt vers le dôme du museau sucré, agaçant le dormeur.

L'effet escompté ne tarda pas. El Coronador ouvrit les yeux et se mit à loucher vers le bout de son nez. Instinctivement, il envoya une décharge oculaire en direction des fourmis, mais sans plus d'effet que de se faire hurler en s'électrocutant lui-même.

Arbour espérait que ce serait suffisant, mais le malfaisant était beaucoup plus coriace que prévu. Le jeune comte sortit alors de sa cachette et, à distance, provoqua le colosse par la moquerie. Puis, faisant mine de fuir, il l'attira dans un des défilés étroits et sinueux qui crevassaient la falaise. Dans ce dédale, le géant perdit l'avantage de sa taille.

Dès ce moment, le duel se fit dantesque. Réarmant sans arrêt ses prunelles par des clignements d'yeux, El Coronador dardait de terribles salves d'éclairs, mais ne pouvait les ajuster. Le jeune Arbour, armé de sa seule sarbacane, faisait à présent face à l'ennemi et jouait de sa souplesse pour bondir de buissons en rochers tout en esquivant les fatales décharges. Une fois à portée de sarbacane, il prit le temps de viser calmement et du premier coup envoya dans l'œil droit du colosse une perle de sa composition, à savoir un mélange de purée de piment antillais et de limaille de fer. L'effet fut foudroyant. El Coronador, la paupière brûlée par l'épice, se frotta instinctivement l'œil, étalant ainsi la limaille de fer. Il n'en fallait pas plus pour lui occasionner un court-circuit rétinien.

D'un coup, il tomba à genoux, mugissant sa douleur dans une succession de hurlements qui rappelaient ceux d'une tronçonneuse rétive au démarrage. Son œil droit crépitait d'étincelles fumantes cependant que le gauche zébrait les rochers alentour d'éclairs impitoyables. Le feu prit soudain violemment aux broussailles, forçant Arbour à reculer, mais cela devait se résumer à un feu de paille. Quand la fumée commença à se dissiper, El Coronador n'était plus que l'ombre de lui-même. Allongé de tout son long sur le dos, il entendait plus qu'il ne le voyait le tournoiement sinistre des choucas affamés.

Le jeune comte Arbour, qui s'était approché encore tremblant d'excitation, commença à prendre conscience de sa victoire et sentit subitement — on a beau être un héros, on n'en est pas moins homme — monter en lui, en même temps qu'une bouffée d'orgueil, le besoin aussi naturel que pressant de soulager sa vessie. Est-ce par gouaille due à son jeune âge qu'il décida de s'épancher sur la dépouille du géant qui mourait à ses pieds ? Nul ne le sait. Mais ce ne fut pas sa meilleure idée. Car El Coronador, quoique agonisant, n'était encore mort que d'un œil. Et l'affreux, après avoir craché en direction de son vainqueur, profita du principe de conduction des liquides pour concentrer sur sa cible une ultime décharge maléfique. Si bien qu'au moment même où le jeune comte se voyait accéder au faîte de la gloire, il sentit subitement son corps s'étrécir, se figer et durcir comme le bronze.

***

Le comte Ancieux et son épouse ne devaient jamais se remettre de cette fin tragique. Ils quittèrent Antilia pour le continent et personne ne sait ce qu'ils sont devenus. Mais au Bar de la Marine, Barrique prétend que la statue qui trône à Bruxelles, près de la Grand-Place, c'est à tort qu'on l'appelle Manneken-Pis.

Avis de décès
Alain Parodi

Parfois, pour freiner un peu la course des heures, Alex s'arrête un instant pour parcourir l'album photo qui dort dans son armoire. Un album photo donne du relief aux traces des gènes et des alliances sur l'épiderme des familles. On peut y voir dans les pommettes hautes d'un enfant celles de son oncle. Les yeux clairs d'une Marie se transposent dans le visage régulier d'une petite Simone. Quels secrets, quels désamours, quels mensonges se cachent derrière un cliché de jour de noces ? Quel démon se terre sous la peau lisse d'un premier communiant ? Quel avenir peut-on lire sur les joues fripées d'un nourrisson ? Sur ces photos, qui aimait qui, qui détestait qui ? Quels sentiments cachent ces cœurs et ces cerveaux ? Quelles douleurs sous ce sourire triste ? « Et moi, se demande Alex, qui suis-je vraiment ? »
Les photos restent parfois muettes, jalouses de leurs secrets, honteuses des vices cachés ou fières des vertus trop ostentatoires. Le coffre-fort de la vérité ne s'abandonne pas aisément aux mains curieuses qui veulent le forcer.
Quoiqu'il en soit de la vérité et des faux semblants, les parents d'Alex ont pris soin d'entretenir auprès de ses deux sœurs, son frère et lui le souvenir des anciens. Lors des dimanches après-midi pluvieux, ils aimaient se retrouver tous autour des albums photos. Ils commentaient, quelquefois se moquaient, mais s'étonnaient toujours de découvrir un parent oublié dont un seul cliché rappelait l'existence. Les yeux rivés sur des images sans âge, la

famille traversait ainsi les années et les modes, constatant la disparition de l'un, se réjouissant de l'apparition d'un autre. Page après page, la vie s'écoulait, sans début et sans fin et, en tournant le dernier feuillet de l'album, la famille savait que l'histoire continuerait avec ou sans eux. Alex adorait cet exercice délicieux ; feuilleter un album photo invitait à la modestie puisqu'il témoignait de la fragilité de l'existence tout en portant à penser qu'il y avait un peu d'éternité dans tous ces visages qui se succédaient au fil du temps. Alex avait conscience que les fausses histoires et les vraies légendes de sa lignée persistaient à les habiter, quitte à tout mélanger et à se perdre dans les à-peu-près, les malentendus sciemment entretenus et les erreurs inévitables.

À force de vivre ensemble, à force de répéter toujours les mêmes rengaines, à force de tous apprécier le pot-au-feu et la blanquette du dimanche, à force de porter le même patronyme, les uns et les autres, père, mère, sœurs et frère faisaient plus que se ressembler. La ressemblance n'est pas qu'affaire de sang, elle étale sa marque autant sur les esprits que sur les caractères. Combien de fois avait-il entendu sa mère lui dire :

— Tu es bien comme ton père.

Son père répondait alors :

— Charlotte, ma chérie, si tu as quelque chose à me dire, autant me le dire directement.

La remarque de sa mère semblait en effet plus destinée à son époux qu'à Alex. Une façon qu'elle avait de rappeler à son homme qu'elle le connaissait bien et qu'elle faisait encore attention à ses qualités, ses défauts et ses manies. Pour Alex, l'idée d'être assimilé à son père lui procurait un grand bonheur. Il pensa longtemps en secret, avec un peu de honte et de remords vis-à-vis de sa fratrie, que son père avait fait de lui, et malgré lui, son enfant préféré. Idiote prétention, car il portait une égale affection à tous ses enfants. Pourquoi alors cette sensation d'occuper à ses yeux une place singulière ? Son statut d'aîné ?

Alex aurait pu se contenter de cette explication. Cependant, il n'a jamais oublié les matins blêmes où ils partaient tous deux taquiner la truite et le gardon, sous l'ombre fraîche des aulnes. Père et fils s'esquivaient en douce, la nuit encore noire, veillant à ne pas réveiller le petit frère qui aurait fait un esclandre s'il les avait surpris à partir sans lui. La veille, ils avaient préparé en catimini leur casse-croûte et caché le matériel dans le garage. Comme deux complices veillant sur un secret inavouable. Cette cachotterie n'appartenait qu'à eux. Ils avaient aussi pris l'habitude de rester tous les deux, après le dîner, à discuter de tout et de rien. La mère, le frangin et les sœurs, gavés de les entendre refaire le monde, partaient se coucher et les laissaient seuls sous la lumière crue du néon de la cuisine. Le père finissait son verre de vin, parlait à Alex de l'usine, des copains, de la dernière grève, de celle qui se préparait, de celle qu'il voulait éviter parce qu'elle lui faisait peur et que le crédit pour la machine à laver n'était pas encore totalement remboursé ou parce qu'il en avait sa claque des combats perdus d'avance. Alex buvait ses paroles et tentait de deviner les inquiétudes et les joies qui se cachaient sous l'apparence de ses mots simples. Quand il osait donner son avis, son paternel l'écoutait avec attention, avide de comprendre par quel prisme son fils aîné expliquait le monde. De cette écoute attentive et bienveillante, Alex tira la certitude d'être quelqu'un, unique parmi d'autres, tous aussi uniques que lui.

Alex profitait d'autant plus de ces marques d'affection que son père n'en privait pas son frère et ses sœurs, les aimant sans réserve et se souciant toujours de leur bien-être et de

leur bonheur. La vie, le hasard ou la génétique leur avaient offert sur un plateau un père formidable, mais, pour Alex, cet homme fut plus que cela : son premier ami, son premier confident et son maître. Avec lui, il avait joué, nagé, pêché, marché. À ses côtés, il avait guetté le lièvre et la perdrix, et même participé aux piquets de grève devant l'usine en servant le café à ses copains et en aidant à faire les sandwichs.
C'est à cet être bon comme le pain qu'Alex confia sa rage de s'être fait doubler par Jérôme auprès de la jolie Rosa. Ah, Rosa… Le père a répondu à Alex qu'il la trouvait effectivement mignonne, mais que des Rosa, il pourrait en cueillir de pleins bouquets, il suffisait qu'il sorte de sa coquille… Enfin, il n'a pas dit ça comme ça, Alex se souvient… Qu'il soit moins couillon, voilà comment son père s'exprima très précisément, ajoutant que si une jolie figure n'était pas inutile pour séduire les filles, il valait mieux être gentil pour les garder plus longtemps que le temps d'une étreinte. Alex a suivi ces conseils et bien lui en prit. Il oublia Rosa sans toutefois céder à l'inconstance.
C'est qu'il fallait entendre le paternel causer de Charlotte, la mère. Alex fut toujours un peu surpris que son père puisse évoquer son couple devant lui avec tant de tendresse. Il pensait cette sorte de confidence réservée à l'intimité d'un oreiller ou à une confession entre amis de toujours. Le père rappelait sans aucune gêne l'amour qu'il portait à son épouse, précisant combien elle lui correspondait sans craindre d'avouer qu'il doutait parfois d'être à la hauteur de cette « femme magnifique ». Femme magnifique ! Charlotte aurait rougi si elle l'avait entendu. Le père confiait-il à son fils ce qu'il n'osait pas dire à sa femme ? Faisait-il de lui, leur premier enfant, le témoin tout désigné de leur amour ? Quoiqu'il en soit, Alex adorait l'entendre parler ainsi.

Le père n'était pas homme à mégoter son affection. Il prenait toujours le temps de raconter aux sœurs et au frère d'Alex une de ces légendes familiales qui proposent aux enfants un passé sur lequel ils peuvent bâtir leur futur. Le père… Arrêt des études à treize ans pour intégrer l'usine où bossait déjà son paternel, pas un grand lecteur, plutôt Tino Rossi et Johnny que Brassens, mais une intelligence profonde, celle du cœur et de l'expérience.

Quand son cœur a lâché, Alex faillit sombrer. Par bonheur, il était tombé fou amoureux de Justine quelques mois avant ; elle le tint hors de l'eau par le bout du cœur, il continua à respirer et fit ce que son père lui aurait ordonné de faire : vivre ! Vivre pleinement, dans les bras de Justine, dans le soutien de sa mère, dans l'affection des siens et de ses amis, dans le plaisir des sorties avec son amoureuse et le délice de leurs draps froissés.

Privée de son époux, Charlotte continua comme elle put. Ses rares amies se firent plus présentes, son fils cadet lui confia plus souvent ses deux enfants, ses filles lui procurèrent le bonheur de tomber enceintes très vite et presque en même temps et Alex, le fils aîné sans enfants, qui avait tardivement réservé ses ardeurs et sa tendresse à une seule, une unique, une magnifique Justine, lui offrit son bonheur, il n'avait rien de mieux sous la main.

Charlotte survécut à son époux cinq années. Des années qui n'en finissaient pas. Quand ses copines rentraient chez elles, quand son cadet passait reprendre les enfants, quand ses filles retrouvaient leurs chéris et leurs gynécologues, Charlotte fermait la porte à clef, baissait les stores, tirait les rideaux, faisait réchauffer un potage… et attendait que son heure vienne, dans un lit qui restait froid du côté gauche, le côté où dormait son époux, le côté du cœur qu'il avait fragile et de ses convictions politiques tout aussi incertaines.

Charlotte est morte en janvier. Le vingt-cinq, vers vingt heures selon le médecin, Alex savait que son veuvage l'avait fait mourir à petit feu depuis longtemps. C'est lui qui la trouva, il passait souvent, le matin, prendre vite fait un café avant le travail et bavarder un peu. Dans la famille, ils avaient la tendresse loquace.

Les voilà, son frère, ses sœurs et Alex, désormais orphelins, destinés à pleurer devant une tombe froide et à soupirer en scrutant les photos de leurs parents. Ils ont vendu la maison, jeté les meubles en ruine et donné à Emmaüs ce qui pouvait encore servir à qui en avait besoin. Les nouveaux propriétaires, un jeune couple avec deux enfants, prennent possession des lieux dans quinze jours. Tant mieux, ils redonneront vie à cette maison. Il ne reste plus que le grenier à vider. Alex a proposé de s'en occuper, une affaire d'une petite matinée, pas plus. Frère et sœurs ont assez à faire avec leurs mômes. Et puis, contrairement aux légendes, ce n'est pas une partie de la maison qu'ils aimaient fréquenter quand ils étaient enfants. Les filles avaient peur des souris que l'on entendait danser le soir à travers le plafond et les garçons préféraient de loin l'ombre du platane de la cour sous lequel ils jouaient au foot jusqu'à la nuit tombée.

Lorsque Alex pénètre dans ce grenier oublié de tous, il a l'impression d'explorer un pays inconnu. L'endroit n'a pas beaucoup bougé depuis que les parents acquirent la maison. La poussière recouvre le sol, les poutres et tout un fatras qui aurait dû rejoindre une déchetterie depuis longtemps. Mais là, dans un rayon de soleil filtrant par la lucarne, des cannes à pêche lui font de l'œil et lui tirent une larme. Les cannes de son père... Son absence lui saute à la gorge, il aimerait tant encore l'accompagner agacer le poisson, entourer sa vieillesse, se battre pour lui faire obtenir une Médaille du travail tant méritée, toujours promise et jamais accordée, lui donner rendez-vous au bistrot pour un apéro entre hommes, oser l'emmener au théâtre avec sa mère et Justine et épier le moment où il s'endormirait, lui offrir pour ses soixante-dix ans un livre qu'il ne lirait jamais et l'engueuler parce qu'il n'aurait toujours pas cessé de fumer. Au final, accomplir tout ce qu'il n'a pas pris le temps et la précaution d'accomplir de son vivant, ayant naïvement pensé qu'ils avaient le temps, abusant de formules idiotes : « … un jour, en mai, l'an prochain, il faut que je lui en parle, je ne sais pas s'il acceptera… », qui transforment le possible en jamais. Demain est toujours trop tard.

Est-ce parce qu'il n'a pas d'enfants qu'Alex s'accroche à son passé ? Les traits du visage de ses parents, leurs expressions et leur petite routine gardent dans son souvenir la précision des jours heureux. Leurs âmes semblent voleter dans les grains de poussière qui dansent dans le rayon de soleil qui traverse la lucarne du grenier. Alex tend la main pour une dernière caresse.

Mais le travail l'attend, il se secoue, il veut en avoir terminé avant la fin de la matinée. Il se connaît, il peut se laisser envahir par la nostalgie et la mélancolie et rester là, sans rien faire, le cul dans la poussière, entouré des fantômes de son enfance et de sa jeunesse.

Voilà, il a descendu à la benne les derniers encombrants qui ne laisseront derrière eux aucun souvenir, aucun regret, aucun remords. Un tas de vieux cartons à moitié dévorés par les souris attend dans un coin, Alex décide de le brûler dans le jardin. Il empoigne le tas et là, dessous, une boîte à biscuits en fer blanc lance un dernier éclair. Comme un S.O.S, un appel au secours. Cette boîte a peut-être encore

envie de vivre avant de finir à la poubelle. Allez, un dernier geste. Alex se baisse, l'ouvre, elle sent encore le sucre et la vanille et lui reviennent en mémoire les goûters sur la table de la cuisine et les miettes de pain qu'il picorait du bout des doigts. Il repense aux pochettes-surprises qui enflammaient leurs modestes anniversaires, aux écrins capitonnés de velours où ses sœurs cachaient leurs trésors de pacotille. Les boîtes renferment parfois des rêves de gosses, des larcins innocents et des trouvailles dont les enfants demeurent les seuls à saisir l'importance : le papier aluminium d'une tablette de chocolat, un bracelet en coton, une photo de chaton découpé dans un calendrier de la Poste. Dans cette boîte inattendue, pas de trésor d'Ali Baba, pas de bague en plastique, pas de vieille montre figée sur les heures du passé, pas d'image d'Épinal, mais juste un papier jauni, une lettre pliée en quatre qui s'est endormie là et que personne n'a osé réveiller.
Alex s'approche du rayon de soleil qui perce la lucarne pour mieux y voir, déplie la lettre et commence à déchiffrer la belle écriture à l'ancienne.

« Ma Charlotte,
Tu as donc pris ta décision. Soit. J'en prends acte. De toute façon qu'ai-je à t'offrir ? Une relation adultère mesquine, le mensonge et un espoir constamment déçu ? Pas de quoi te rendre heureuse. Je n'ai pas eu le courage de quitter mon foyer pour toi. Je ne te mérite pas, ma Charlotte. Je me console en me persuadant que ce n'est pas moi que tu fuis, mais que c'est lui que tu rejoins, ce gentil garçon dont tu m'as parlé avec des yeux si pleins d'étoiles qu'ils m'ont désespéré. Ce jeune ouvrier a ton âge, il te plaît, te fait rire, t'emmène au cinéma et t'embrasse en plein jour. Je comprends... Rien à voir avec nos rendez-vous dans des

hôtels miteux. Ton caractère solaire te destine à vivre en pleine lumière pas dans l'ombre du mensonge. Je comprends. En un sens, je suis rassuré... Rassuré parce que lâche. Mais une question me taraude, je n'en dors plus. L'enfant ? Charlotte, cet enfant que j'ai semé dans ton ventre ? Trois semaines, ce n'est rien et beaucoup à la fois. Tu m'as dit vouloir le garder, seule, sans moi. Alors, s'il en est ainsi, ne révèle rien à celui qui a la chance d'être devenu ton amoureux pour longtemps, pour toujours peut-être. Fais de ce garçon le père de cet enfant, fais en sorte que cet homme et cet enfant s'aiment, se respectent et finissent par se ressembler. Le sang n'est rien, le cœur importe plus, c'est lui qui donne le ton, il n'a pas besoin de l'encre de nos veines pour écrire nos histoires. Si tu as besoin de quoi que ce soit, je t'aiderai. Je t'aime encore... Un amour de remords et de regrets... Un amour gâché.

Victor, qui ne t'oubliera jamais. »

Agrafé à la lettre, un avis de décès : Victor Lapasset décédé le 22 juin 1977 à Montmorency. Alex a perdu un père cinq ans auparavant et vient, en quelques lignes, d'en perdre un second.
Ses jambes l'abandonnent, il s'écroule contre le mur et laisse ses larmes en faire à leur guise.
Sur quoi est-il en train de pleurer ? Sur une photo de famille soudain plus floue ? Sur un nom sans visage ? Après un long moment d'hébétude, il sèche ses larmes et respire un grand coup. « Qu'importe, se dit-il. Je sais ce que Justine répondra quand je lui raconterai tout :
— Tu es un enfant de l'amour et c'est déjà énorme. »

Legilimens virus
Philippe Veyrunes

Tout avait commencé à la fin de l'hiver, pendant les derniers jours de février, si cléments cette année-là qu'ils laissèrent présager une canicule d'été mémorable et un automne nourri d'un déluge quasi biblique. Partout dans le royaume, des incidents inhabituels s'étaient produits en nombre et répétés quotidiennement. Des faits insolites comme on en rapporte dans les gazettes quand l'actualité se fait pauvre, par quelques lignes insérées en chronique locale. De quoi attirer fugitivement l'attention du lecteur, entre la page des spectacles et celle de l'horoscope. Le genre de nouvelles vite emportées par le tourbillon des jours.
Ici, dans la salle d'attente d'un médecin, une altercation avait éclaté sans raison entre deux patients. Là, dans un restaurant, une dispute avait dégénéré en pugilat. Ailleurs, des passagers d'un train omnibus en étaient venus aux mains sans motif, justifiant l'intervention de la maréchaussée. Dans plusieurs villes, des clients d'un apothicaire s'étaient violemment querellés. Dans d'autres localités, des usagers d'un tramway avaient subitement échangé des coups. La rumeur publique se fit aussi l'écho d'algarades incompréhensibles dans des bureaux de l'administration, ou au sein de familles comptant parmi les plus unies. On souligna à chaque fois le caractère inexplicable des incidents, ni insultes ni affront n'en étant à l'origine. Un des protagonistes avait brusquement pris à

partie une personne qui se trouvait en face de lui, en l'accusant de pensées malveillantes à son égard.

À maintes reprises, dans des magasins ou sur des quais de gare, on recensa des bizarreries d'une autre sorte. Ni querelles ni échauffourées, mais de surprenantes effusions, des manifestations d'affection subites de la part de certaines gens envers des êtres étrangers à leur entourage, des emballements inattendus se traduisant par des embrassades ou des déclarations d'amour...

On dénombra enfin d'autres faits déroutants. Dans divers lieux publics, des personnes avaient soudainement exprimé leur compassion pour de parfaits inconnus se trouvant à proximité, en citant des éléments douloureux de la vie de ceux-ci.

Dans tout le royaume, des officiers de police consignèrent les déclarations des trublions interpellés à l'occasion des incidents les plus violents. Tout à fait sérieusement, ces excentriques affirmèrent qu'ils avaient pénétré les pensées hostiles d'un autre individu, rien qu'en croisant son regard pendant quelques secondes. Une fois identifiés puis interrogés — les intéressés — loin de démentir pareilles allégations — les confirmèrent en battant leur coulpe.

Devant la multiplication de ces faits troublants, dont la rumeur et les gazettes se faisaient chaque jour un peu plus l'écho, la méfiance gagna la population et s'accompagna d'une interrogation obsédante : certains habitants du pays possédaient-ils des pouvoirs surnaturels ? Le trouble l'emporta bientôt sur toute considération rationnelle. On en vint à éviter le regard des autres — au travail comme au domicile familial, à beaucoup moins fréquenter boutiques et marchés, à fuir comme la peste les banquets, à bouder les transports en commun.

Alarmé par ce poison insidieux qui s'instillait parmi ses sujets, incitant au repli sur soi et minant la vie en société, le roi s'empara de l'affaire. Il ordonna à ses conseillers en charge du bien public de mander les meilleurs médecins afin d'examiner les personnes à l'origine de ces incidents inédits. Une fois en possession des résultats des investigations, les hommes de confiance du monarque en tireraient toutes les conclusions utiles.

Dans les jours qui suivirent, les trublions eurent la visite d'un disciple d'Esculape, qui s'entretint avec eux, les ausculta et leur préleva un peu de sang. Lorsqu'à l'orée du printemps, les conseillers du roi reçurent le rapport compilant les constats des praticiens, l'étonnement les gagna. Aucun des patients ne présentait de troubles mentaux ni affectifs. Mais dans le sang de chacun d'eux, les biologistes qui assistaient les médecins avaient identifié un même virus, de forme hélicoïdale et inconnu.

Le document fut adressé à une sommité de la faculté des sciences de la capitale, Hector Chardonnay, qui avait de longue date la confiance et l'oreille du monarque pour avoir des années plus tôt guéri la reine d'une grave fièvre. D'abord intrigué, le vieux professeur se souvint après réflexion qu'un virus comparable était évoqué dans un des vénérables ouvrages qu'il avait consultés durant ses études, plusieurs décennies auparavant. Il se rendit dare-dare à la bibliothèque de l'université et mit rapidement la main sur un gros volume à la reliure en parchemin et au titre en lettres gothiques. Il le parcourut avec fièvre et jubila à la lecture de plusieurs pages enrichies d'illustrations soignées. Non, sa mémoire ne l'avait pas trompé ! Dès le début du dix-septième siècle, ce virus avait été décrit par Enzo Fontana et Carlo Biaggiotti, médecins-zoologistes de l'université de Catane. À l'aide des premiers microscopes,

ces éminents savants l'avaient découvert fortuitement dans le sang de trois chats persans appartenant au roi de Naples, que le souverain leur avait confiés pour un examen de routine. Bien plus tard, en 1810, l'existence du virus avait été confirmée tour à tour par le zoologiste français Martial Desmichels et le biologiste anglais Reginald Mills, qui disposaient de moyens d'investigation améliorés. Rompus aux raisonnements rationnels, les deux hommes avaient pourtant rapproché le résultat de leurs travaux d'une légende de l'Égypte antique, selon laquelle les chats pouvaient lire les pensées d'un être humain par un simple échange de regard, pourvu que celui-ci fût intense et soutenu pendant quelques secondes, tout cela grâce à une particule divine présente dans le sang des petits félins !
Hector Chardonnay interrompit sa lecture. Des vers de Baudelaire célébrant ces animaux résonnaient en lui, plus troublants que jamais :
Et des parcelles d'or, ainsi qu'un sable fin
Étoilent vaguement leurs prunelles mystiques.
— Prunelles mystiques, mystiques..., répéta Chardonnay, soudain perdu dans ses songeries. Depuis la nuit des temps, n'avait-on pas prêté à ces bêtes des pouvoirs surnaturels, pour le meilleur comme pour le pire ? Hors de cette Égypte qui les vénérait, les chats n'avaient-ils pas été pendant des siècles l'objet de haine et de phobies, considérés comme les suppôts du diable et les amis des sorcières, traités comme des parias maléfiques ?
Le vieux médecin s'interrogea, l'esprit en ébullition. Et si l'antique légende recelait un fond de vérité ? Dans sa jeunesse, Chardonnay avait fréquenté Victor Laffargue, un éminent confrère qui attribuait à ces félins des pouvoirs de légilimancie. Selon lui, pénétrer les pensées était possible à ces compagnons familiers des hommes depuis des

millénaires. Laffargue croyait dur comme fer à ce qu'il affirmait, ayant multiplié par ailleurs des expériences de télépathie avec des collègues férus de parapsychologie.
Chardonnay s'alarma. Et si son confrère avait dit vrai ? Et si ce virus avait muté au fil des siècles, pouvant désormais se transmettre du chat à l'homme ? Une morsure, une griffure ou même un coup de langue de l'animal ne suffisaient-ils pas pour diffuser cette particule invisible à l'œil nu, mais aux pouvoirs insoupçonnés ?
Il faut en avoir le cœur net, et sans délai ! se dit le vieux professeur, qui fit remettre dans l'heure qui suivit une missive à Alcide Labrunie, conseiller du roi en charge de la santé publique. En donnant des détails sur sa découverte, il recommandait de faire enquêter au plus vite sur l'entourage animalier des fauteurs de troubles.
N'ignorant pas la rigueur intellectuelle de Chardonnay, le conseiller Labrunie prit la chose au sérieux et contacta le ministre de la Sûreté. Dès le lendemain, la police interrogea les trublions identifiés lors de divers incidents. Si certains possédaient bel et bien un chat, d'autres se souvenaient simplement d'en avoir caressé un dans la rue, peu de temps avant les faits. Mais plusieurs jurèrent sur tous les saints n'avoir jamais eu aucun contact direct avec la gent féline.
Lorsqu'il eut connaissance de tout cela, Chardonnay fut consterné. Il sollicita une audience auprès de Gratien Frémont, le premier conseiller du roi, et lui tint ce discours :
— Excellence, sans doute à la suite de mutations qui sont intervenues au cours du temps, le Legilimens virus — c'est ainsi que les savants Desmichels et Mills l'ont baptisé en 1810 — est manifestement devenu transmissible du chat à l'homme, et également entre les êtres humains. Par analogie avec d'autres virus, on peut penser qu'au départ une griffure ou une morsure, même légère, de l'animal suffit. Mais se

frotter à son épiderme par des caresses répétées a peut-être le même effet. Ensuite, une poignée de main, une accolade ou un baiser de la personne contaminée entraîne la diffusion du virus. Il faut donc limiter sa propagation, d'autant que nous ne disposons à ce jour d'aucun médicament ou antidote.
— Mais comment donc ?
Fort de l'expérience tirée d'épidémies des siècles passés et résumée dans les meilleurs manuels de médecine, Chardonnay fit la leçon à son interlocuteur. Il préconisa de fournir au bon peuple de l'alcool de menthe et des masques en peau de chauve-souris, deux moyens éprouvés de lutter contre la contagion. Les habitants du royaume devaient en outre réduire leurs déplacements et les relations avec leurs semblables, et par-dessus tout éviter de soutenir le regard d'autrui.
Avisé de ces recommandations, le roi les approuva en y ajoutant une touche personnelle. Il ordonna la mise en quarantaine des propriétaires de félins, avec interdiction de quitter le domicile. Des soldats furent dépêchés auprès de ces marginaux d'un nouveau genre afin d'assurer leur ravitaillement quotidien. Le souverain interdit même de prêter assistance aux chats errants, sous peine d'emprisonnement. Maniant la carotte et le bâton, il promit une prime de cinq cents louis à toute personne qui ramènerait une dépouille de chauve-souris ou un plant de menthe aux autorités. La rareté de cette plante dans le pays comme l'absence de masques lui causaient en effet grand souci. Doutant que la consigne d'éviter le regard d'autrui fût volontiers respectée, il tissa pour son royaume un filet aux mailles serrées. Il prohiba les rassemblements, les fêtes et les bals, et décréta la fermeture temporaire des théâtres, des cafés, des restaurants et des cercles de jeux. Les

cérémonies de baptême ou de mariage furent suspendues. Quant aux funérailles, elles n'auraient plus lieu qu'en présence des seuls intimes des défunts. Après en avoir demandé pardon au Très-Puissant, le monarque se résolut à supprimer les messes dominicales dans toutes les églises, cathédrales et basiliques. Enfin, parce qu'il n'est point de bonne politique sans une diplomatie épousant les circonstances, il fit fermer les frontières, désireux de ne pas laisser le champ libre au virus…

    Le printemps revint enfin, paré de ses plus belles grâces. Les roses de mai refleurirent sous un ciel infusé par le soleil doux. Mais l'hiver s'était attardé dans les cœurs. Le silence et l'ennui avaient conquis villes et villages. Partout, hommes et femmes cheminaient dans les rues la tête basse et sans mot dire, chacun à bonne distance de ses semblables. Tramways et trains ne circulaient plus. En butte à la vindicte populaire, les chats errants se terraient, affamés et plus misérables que jamais, nourris chichement par quelques téméraires.
À travers le royaume, dans les forêts et les grottes, des habitants alléchés par la prime offerte traquaient jour et nuit les chauves-souris, dont ils ramenaient les dépouilles dans les mairies. D'autres exploraient la campagne en quête de plants de menthe. Au fil des semaines, la fabrication d'un alcool hygiénique et de masques de protection put commencer dans des manufactures réquisitionnées par les autorités, mais à un rythme insuffisant pour répondre aux besoins.
Alerté par son entourage sur l'ambiance malsaine qui gagnait le pays, le roi entreprit une visite des principales villes, accompagné par la reine. Parcourant en fiacre les

avenues, il n'y croisa que des gens à la mine sombre et au regard fuyant qui marchaient d'un pas pressé, un sac à provisions en main.

Un brin alarmé, il consulta les astrologues du palais, qui se montrèrent de mauvais augure. Si rien ne changeait au plus vite, une révolte mémorable enflammerait bientôt le royaume.

Au comble de l'inquiétude, le souverain alla prendre conseil auprès de la reine.

— Mon ami, puisqu'une fois n'est pas coutume, vous sollicitez mon avis sur les affaires publiques, et je vous en sais gré, laissez-moi vous dire ceci, lui déclara sans ambages cette belle femme blonde aux yeux pers. Dans un monde idéal, l'harmonie entre les êtres et la force d'une nation devraient résulter d'autre chose que de vieux codes sociaux, dictés par la religion et la loi. Si ce virus que vous semblez tant redouter se répand parmi vos sujets, y aura-t-il matière à s'en plaindre ? Certes, les inimitiés se révèleront au grand jour, mais les affinités aussi, sans oublier les douleurs et les peines. Chacun devra assumer cela, pour le meilleur et pour le pire. En affrontant avec courage ses ennemis démasqués, en acceptant à l'inverse le juste châtiment de l'irrespect et de l'insulte, en savourant la passion amoureuse dévoilée, en apaisant les souffrances d'autrui, en consolant son prochain, en faisant taire son égoïsme, bref en vivant au mieux sa condition d'être humain.

Songeur, le monarque médita ces paroles. Au terme d'une nuit blanche, il se recueillit un moment dans la crypte du palais sur les tombeaux de ses ancêtres, et mûrit sa décision. L'impossibilité pour les médecins de neutraliser le virus, l'insuffisance des moyens de protection, le mécontentement grandissant de ses sujets : tout cela menaçait la cohésion de la nation. Mais lui, le roi, ne pouvait-il tirer parti de ces circonstances exceptionnelles pour influer au mieux sur le cours des choses ? Si ce virus déroutant se propageait, le royaume pouvait devenir un espace de nouvelle civilité, où l'empathie et la franchise gouverneraient les rapports humains. L'hypocrisie, la lâcheté, l'indifférence et l'égoïsme n'y auraient plus droit de cité. Oui, entre deux maux, il fallait à présent choisir le moindre sans hésiter, en souverain responsable assumant ses devoirs devant Dieu et les hommes.

Bientôt, criée par les tambours de ville ou placardée sur les murs, l'ordonnance royale rétablissant les liens sociaux et autorisant la réouverture des lieux publics fut connue de tous. Dès le lendemain, la vie quotidienne reprit comme si rien n'était advenu et les manufactures cessèrent de fabriquer masques et alcool hygiénique.

À l'approche de l'été, la peur étant bonne conseillère, on ne recensa plus à travers le pays que de rares altercations, se soldant pour les « mal-pensants » par une correction méritée et immédiate ou un duel d'honneur au cours des jours suivants. Mais dans les rues et dans les mairies, on dénombra davantage de couples d'amoureux et de mariages qu'à l'ordinaire. Un peu partout, le chagrin battit en retraite, tandis que de mains tendues en larmes partagées, les consolateurs anonymes se multipliaient.

Un soir de juin, le roi s'accouda à une fenêtre de son palais, en humant les senteurs de roses qui montaient des jardins. Il caressa le chat siamois recueilli la semaine précédente et allongé sur l'appui de la croisée. Le visage baigné par le soleil couchant, l'homme se prit à savourer son bonheur. À la faveur de circonstances imprévues, il était entré dans l'histoire de son pays en y instaurant une harmonie durable.

— Vois-tu, Mistigri, la réputation qu'on prête aux tiens depuis la nuit des temps m'amuse beaucoup aujourd'hui, dit-il au chat qui ronronnait sous les caresses. Hypocrites, sournois, émissaires du diable, j'en passe et des pires ! Que n'a-t-on pas dit sur tes pareils ? Or les voilà devenus les artisans d'un monde meilleur, où vont régner la franchise et la sincérité… Quelle revanche !

Malentendus
Brice Gautier

C'était un sale con. Je vous le dis tel que je le pense.
Le matin, il arrivait vers neuf heures, crasseux, pas rasé, le cheveu en bataille et la chemise hors du pantalon comme s'il venait de réchapper d'un attentat à la sortie du métro. Il passait devant toutes les secrétaires sans dire un mot avant d'aller s'enfermer dans son bureau. Il en ressortait une demi-heure plus tard vaguement recoiffé, à peine plus présentable, l'œil mauvais au-dessus de cernes larges comme des cibles de tir à l'arc, il aboyait des ordres à la pauvre Sylvie qui n'osait pas lui rabattre son caquet, puis il retournait se barricader dans son terrier. La plupart du temps, il y passait la journée sauf quand il lui fallait aller en réunion, auquel cas il fonçait droit devant lui jusqu'au lieu de rendez-vous avant de s'affaler sur une chaise et de vriller son regard sur son ordinateur portable pour bien faire comprendre au monde entier que non seulement sa présence n'était pas nécessaire, mais qu'en plus il avait des millions de sujets plus importants à traiter.
Personne ne sait réellement comment il avait atterri dans le service, ni d'ailleurs comment il réussissait à y rester, et encore moins ce qu'il était censé y faire. Ce dernier point est malheureusement commun à beaucoup de chargés de mission comme lui au ministère. Ce qui est certain, c'est qu'il avait mené une carrière de contrôleur de gestion en province avant de venir s'enterrer ici. On m'a même dit qu'en ce temps-là c'était quelqu'un de complètement

normal, qui se lavait régulièrement, disait bonjour aux personnes qu'il croisait, et ne portait pas constamment son masque d'orang-outang collé sur la figure. C'est difficile à croire, pas vrai ? Je le tiens d'un ancien collègue à lui, un type très aimable qui était venu le voir un jour à l'improviste. Il avait attendu patiemment dans le couloir parce que l'autre avait presque une heure de retard ce matin-là — comme tous les lundis, d'ailleurs. Pour passer le temps, il avait discuté un peu avec moi. Il avait bien insisté sur le fait…

…qu'avant de venir à Paris, c'était un homme très sympathique, je vous assure ! Je ne peux pas dire que nous étions des amis très proches, mais nous nous appréciions et aimions travailler l'un avec l'autre. Suffisamment pour que je passe prendre de ses nouvelles quand je suis comme aujourd'hui de passage à Paris, vous voyez. Vous n'allez pas me croire, mais lorsqu'il était encore à Lyon tout le monde s'accordait à le trouver plutôt… trop gentil ! Oui, vraiment ! J'ai vraiment du mal à comprendre comment il est devenu l'homme que vous me décrivez. Il était surtout apprécié pour sa capacité d'écoute hors du commun. Les gens venaient le voir pour lui parler de leurs petits soucis, des problèmes de santé de leurs enfants ou de leurs gros conflits conjugaux. Quand il avait vraiment du travail et qu'un collègue venait lui raconter sa vie, il se contentait de ne plus répondre et de laisser le bavard se tarir de lui-même. Dans une autre vie, il aurait pu être psychanalyste, passer son temps à opiner du chef et gagner beaucoup d'argent.
Je me rappelle avoir passé quelques soirées chez lui, à discuter à bâtons rompus tandis que mes gamins semaient le chaos dans son appartement trop bien rangé de couple sans enfant. Il restait parfaitement stoïque, même quand mon

plus jeune fils commençait à brouter ses plantes vertes ou à gober ses bibelots. Selon moi, c'était quelqu'un qui ne manquait ni de centres d'intérêt ni de culture. Pas forcément un boute-en-train, ni même un gai-luron, mais toujours calme et attentif aux autres.
Quand sa femme l'a quitté pour aller vivre avec un autre homme, il a méchamment vacillé, mais il a tenu le coup, au moins en apparence. Devant les collègues, il essayait de faire bonne figure, il arrivait à continuer à leur parler de choses et d'autres et même à plaisanter de sa situation de nouveau célibataire sans entraves, mais je sais, et je suis le seul à qui il en a parlé, qu'en réalité il avait perdu le sommeil et carburait aux anxiolytiques. Cela a vraiment été une sale période pour lui, mais je suis certain que ce n'est pas à ce moment-là qu'il…

… est devenu injoignable. Un an après notre séparation, après qu'il avait demandé sa mutation à Paris, je l'appelais régulièrement pour régler deux-trois choses à propos de la procédure de divorce. J'avais pris l'habitude de le joindre pendant le week-end, car je n'ai jamais le temps pendant la semaine, mais je tombais à chaque fois sur sa messagerie invariablement pleine. Il me rappelait quelquefois le lundi matin, mais alors c'était moi qui ne pouvais pas lui parler parce que j'étais en réunion de chantier ou je-ne-sais où. Il me disait qu'il était parti à l'étranger pour se changer les idées ou qu'il avait pris une bonne cuite et qu'il n'avait pas émergé du week-end, avec à chaque fois sa petite dose d'auto-apitoiement qui était censée me rappeler à quel point je lui en avais fait baver, sa petite musique geignarde que je ne supportais plus.
Je crois qu'il ne s'est jamais vraiment remis de mon départ. Son amour propre en avait pris un bon coup, lui qui se

croyait le mari modèle. Peut-être bien qu'il l'était, mais cela ne m'avait pas empêchée de tomber amoureuse d'Alex et de refaire ma vie avec lui. Je ne voulais pas passer le reste de mon existence à regretter de ne pas l'avoir fait, vous comprenez ? L'esprit comptable de mon ancien mari était incapable de comprendre que ça ne s'explique pas. Notre séparation s'était faite dans la douleur. Certains jours, je le retrouvais prostré sur une chaise dans la cuisine, pleurant devant une bouteille de whisky à moitié vide. Et moi j'étais incapable de le plaindre, excédée par son air de cocker abandonné sur l'autoroute, tout absorbée par ma nouvelle histoire qui commençait. J'étais déjà ailleurs, dans une autre vie.
Je ne vois pas pourquoi je devrais me sentir coupable, et encore moins responsable de lui.
C'est son père qui m'a avertie de ce qu'il avait fait. Je n'aurais jamais pu deviner quoi que ce soit. Mon ancien mari ne se confiait à…

… personne. Pas un ami, une connaissance, ni même un collègue de bureau ne savait ce qu'il faisait de ses week-ends. Pas même moi, son propre père. Cela n'appartenait qu'à lui. Il consignait pourtant tout ce qu'il faisait dans un cahier qu'il m'a envoyé par la poste, le jour où il a pris sa décision. Quand je l'ai lu, j'ai cru à une mauvaise blague. Il y avait des horaires d'avion et des adresses d'hôtels dans le monde entier, mélangés à des poèmes, des espèces de déclarations d'amour maladroites, des citations tirées de romans — lui qui ne lisait pratiquement jamais ! — mais aussi des résumés de week-ends à Marrakech, Damas ou Londres. Et puis cette femme qu'il ne nommait jamais, qu'il tutoyait sans jamais lui donner de prénom. « *Toi. Tu n'as jamais su que j'étais venu uniquement pour toi. Tu*

marchais le long de la plage d'Alger comme si tu y vivais depuis toujours. Tu étais seule, libre, et tellement belle ! Tu paraissais soucieuse. J'ai enfin pu entrer en contact avec toi, en marge du séminaire. Tu parlais à tout le monde, avec ce naturel qui te permet d'offrir quelques mots à chacun, et ce sourire pour lequel je suis capable de te suivre jusqu'à l'autre bout du globe. Nous avons discuté toute la nuit, de tout, de rien, de nos vies, de celle des autres, de l'origine du monde, de la nature humaine, des races de chien ou de l'équipe nationale de football, de tout ce qui pouvait empêcher que la nuit se terminât et te laissât rejoindre un monde auquel je n'appartiens pas. Toi. Ton mari. Ton enfant. »
Voilà la vérité qu'il nous cachait : mon fils était amoureux d'une femme mariée. Et selon toute vraisemblance, elle ne devait pas...

...le savoir. Jamais je n'aurais pu m'en douter. Elle partait souvent, c'est certain, mais son métier exigeait d'elle d'aller à la rencontre de ses clients, y compris quand pour eux le samedi et le dimanche ne sont pas des jours fériés. Je n'aurais jamais pu me douter qu'elle voyait quelqu'un d'autre. Elle ne me l'a d'ailleurs jamais avoué franchement et je ne parierais pas que c'est la vérité. Un beau jour, elle m'a dit qu'elle partait. C'est tout.
Et le monde s'est écroulé.
Après la naissance de notre fils, je croyais naïvement que nous formions désormais une famille, que nous étions liés par contrat pour les vingt années suivantes. J'étais victime de cette vanité typique des mâles qui pensent qu'en faisant un enfant à une femme, ils en deviennent un peu propriétaires. Je me rends compte aujourd'hui que je la connaissais finalement très mal, même si nous vivions

ensemble depuis neuf ans. Son perpétuel besoin de mouvement et son insatisfaction chronique, que je prenais pour des qualités, se sont finalement retournés contre nous. Nos différences, dont je pensais qu'elles nous soudaient, nous ont en fin de compte déchirés. Elle a envahi ma vie comme une brume sur la terre froide, puis elle s'est évaporée au premier rayon de soleil. Elle m'a laissé notre fils, qui vit à plein temps avec moi tant qu'elle ne sera pas rentrée du Japon. Elle revient de temps en temps, passe une semaine avec lui, l'emmène en vacances en Islande ou au Sénégal, puis elle repart. Personne n'a de prise sur elle. Et surtout pas un homme…

…comme lui. Il pouvait se montrer extrêmement chaleureux puis se refermer d'un coup, sans crier gare. Il pouvait discuter de son travail pendant des heures, passer à un autre sujet qui le passionnait tout autant, et l'instant d'après ne plus proférer une seule parole et se visser à son ordinateur comme si sa vie en dépendait.
Je l'ai rencontré à l'occasion d'une formation sur les marchés publics. Au début, il ne m'adressait pas la parole, mais son regard était d'une intensité qui me mettait presque mal à l'aise. Il paraissait tendu, comme aux aguets. Nous avons fini par lier connaissance, sympathiser, et finalement passer tout notre temps ensemble lorsque nous nous retrouvions, ce qui pouvait arriver peut-être trois ou quatre fois par an à l'occasion d'un séminaire ou d'une conférence. Je l'ai également croisé une fois par hasard à l'étranger, où il affirmait passer un week-end de vacances déconnecté de tout. Il m'avait confié avoir besoin de prendre le large régulièrement après un divorce difficile, ce que je comprenais parfaitement.

J'aimais les soirées passées avec lui. Nous pouvions alors laisser nos vies au vestiaire et bavarder comme deux étudiants éméchés. Nous parlions de tout, nous aventurions même sur le sujet de la politique pour nous découvrir en terrain ami, d'accord sur la plupart des principes, nous chamaillant sur des détails… Rentrés au bercail, nous nous envoyions des textos, peut-être cinq ou six par semaine, pas davantage, plus rarement une longue série quand l'actualité appelait des commentaires urgents. Je me sentais libre d'exprimer mes opinions avec lui, bien plus qu'avec mon mari. Mais je n'en étais pas amoureuse, non. Je l'aimais comme on peut aimer un ami proche, un frère, un confident. Pas un amant.
Étrangement toutefois, grâce à lui, je pris progressivement la mesure de la distance qui me séparait de l'homme qui partageait ma vie, du gouffre entre mes aspirations et les siennes, de la piètre solidité des liens qui nous unissaient, de la pauvreté de notre communication. À cause d'un homme dont je n'étais pas amoureuse, je pris la décision de quitter la famille que j'avais commencé à construire. Qu'on ne se méprenne pas : je ne quittai pas l'un pour plonger dans les bras de…

… l'autre. Elle est libre ! Elle est là, devant moi, et elle m'annonce sa séparation, son désir de faire le moins de mal possible à son ancien mari, son constat d'échec. « *Je me suis trompée, me confie-t-elle, je pensais sincèrement qu'un homme comme lui, une petite famille, un ou deux enfants suffiraient à mon bonheur, mais j'ai eu tort. Je ne suis pas faite pour cette vie. Je ne peux pas m'enfoncer dans une structure familiale que je ne pourrai pas assumer. Je m'en veux d'avoir été faible, de m'être laissée convaincre de faire un enfant à cet homme qui m'aime tant. À toi je peux*

le dire : je ne suis pas faite pour être mère non plus. Je devrais avoir honte, mais je n'y arrive pas. Cet enfant, c'est le désir d'un autre. Je n'y ai investi que ma volonté de faire plaisir à un homme. Tu vois, j'ai foiré sur toute la ligne. »
Elle me regarde dans les yeux et m'avoue avec une franchise désarmante qu'au fond, elle ne tient pas à vivre en couple. Que le sexe ne la fait pas vibrer. Elle ajoute, malicieuse, qu'elle devrait peut-être essayer avec une femme. Et moi, devant elle, je la regarde autant que mes yeux me le permettent et je m'efforce de sourire, de lui présenter le visage serein et confiant que je lui ai toujours offert. Celui de l'ami de longue date, celui qu'on ne peut pas choquer, ni vexer, ni peiner. Celui qui tiendra bon, qui écoutera quoi qu'il arrive, quels que soient les mots qui lui lacèrent le visage comme des shrapnels incandescents. Celui qu'elle veut voir en moi.
Tandis qu'elle m'explique ses projets de départ au Japon où elle compte rejoindre une filiale de sa boîte, je repasse dans ma tête ces derniers mois à choisir systématiquement les formations et colloques où elle pourrait être, à coller à ses pas pour ne pas la perdre de vue, le bonheur de la retrouver comme par hasard dans un cocktail, ces avions que je prenais quand elle partait à l'étranger pour la rejoindre et pouvoir respirer le même air qu'elle sans oser l'aborder ni même la croiser.
Tant que je la savais engagée avec un autre homme, je couvrais mon corps de chaînes et je bâillonnais ma bouche pour ne pas avoir envers elle un geste, une parole qui ne fussent pas ceux d'un collègue ou d'un ami. Libre à présent, la voilà qui se volatilise devant moi comme un parfum versé hors de son flacon, inaccessible, ne laissant derrière elle que l'effluve capiteux de mes espoirs anéantis. Elle m'avoue avec cette cruelle et touchante sincérité qui la définit si bien

que c'est un peu grâce à moi qu'elle envoie balader sa vie de couple, à cause de la qualité de nos longues discussions, de la spontanéité de nos confidences, de cet abandon qu'elle ne croit pas pouvoir retrouver, ou simplement trouver, avec son mari. Elle me remercie, m'invite à venir voir les cerisiers en fleurs à Hiroshima, me jure de rester en contact, pose une bise sur ma joue et disparaît.
Lorsque nous nous quittons cette soirée-là, je sais qu'à l'avenir je ne pourrai plus lui servir à…

… rien ! Bien malin qui aurait pu dire ce qu'il faisait vraiment de ses journées ! Pas aimable pour un sou, pas la moindre considération pour les personnes du service. Ça touche un salaire de ministre, ça n'en branle pas une et ça vous regarde de haut ! Un vrai connard, je vous dis !
Mais de là à se réjouir qu'il se soit collé le canon d'un fusil dans la bouche et ait appuyé sur la détente, quand même…

L'origine du monde
Violette Aufauvre

Je m'ennuyais aujourd'hui. Cette journée était en tout point semblable aux centaines qui l'avaient précédée. Je me suis levé et il n'y avait rien. Du vide au milieu du néant. Alors je me suis pris à rêver.
Le vide ça se comble, rien ne m'obligeait à rester passif en l'absence de mes parents. C'est pourquoi je claquai des doigts en attendant de voir ce qui allait se produire. Le résultat ne se fit pas attendre. Une étincelle en jaillit, et, dans un fracas retentissant, des milliards de choses apparurent. Je ne compris d'abord pas ce que j'avais fait avant de percevoir du coin de l'œil un mouvement, et je m'aperçus que j'avais fait une bêtise. J'avais commis l'ultime désobéissance. Sans faire exprès, je venais de créer la Vie.
Ils m'avaient pourtant prévenu que cela risquait d'arriver : « Dieudounet » disait ma mère « ne joue pas avec tes pouvoirs tant que tu ne comprends pas ce qu'ils impliquent » m'avait-elle mis en garde.
« Ouais, y en a d'autres qui ont essayé, ils ont eu des problèmes », renchérit mon père dans un reniflement dédaigneux.
Seulement voilà, je pensais qu'ils disaient cela pour que je reste sage. Ils parlaient toujours de cette chose qu'ils appelaient « la Vie », avec un grand V. Ils l'évoquaient avec déférence et crainte, comme si c'était à la fois maudit et sacré. Mais je pensais, avec ma naïveté d'enfant, que ce n'était qu'un conte, perpétué dans la famille depuis des

générations pour empêcher les enfants indisciplinés de faire trop d'âneries. La Vie était un mythe destiné aussi à faire dormir les petits et grands, comme l'évocation d'un monde à la fois dangereux et beau et dont la réalisation était tout bonnement impensable.

Et pourtant, d'un coup, d'un seul, toutes sortes d'éléments s'étaient créés sous moi, émergeant dans un tonnerre de flammes. Je n'aurais jamais pu ne serait-ce qu'imaginer ce qui venait d'éclore sous mes yeux. J'étais fasciné.

Pensant que le fracas retentissant de la Création allait attirer mes parents, et qu'ils allaient rappliquer immédiatement pour me dire que j'étais un mauvais fils, j'attendis un instant sans bouger, le souffle court. Puis, comme rien ne vint, je décidai d'étudier un peu mon œuvre. De toute façon, qu'aurais-je pu faire de plus ? Je n'avais pas les moyens de la supprimer.

C'est alors que je pris conscience de l'ampleur de la tâche à venir et des implications de ce que je venais de faire. En effet, en regardant de plus près, je vis des millions d'organismes qui semblaient se déplacer devant mon regard ébahi. Je voyais toutes sortes de formes étranges et disparates. Et soudain, je fus confronté à la première (mais certainement pas la dernière) de mes limites. Tout ce que je voyais m'était renvoyé sous forme d'images, mais comment faire pour évoquer toutes ces images sans un système de communication bien précis ?

Lorsque j'étais bébé, je ne parvenais pas vraiment à faire comprendre ce que je souhaitais à mes parents, alors, pour des raisons pratiques et également pour m'amuser, Père m'avait créé ce qu'il avait appelé « le Langage ». Avant ma naissance cela n'existait pas. Il avait donc créé un système de sons codifiés qu'il avait nommé « mots », mais ce système restait assez rudimentaire du fait que nous n'avions pas grand-chose à mettre en mots. De plus, cette invention lui avait valu de nombreuses critiques de la part de la famille et des voisins (qui, soit dit en passant, l'avaient au début pointé du doigt, puis invectivé avec son Langage qu'ils avaient retourné contre lui). Beaucoup l'avaient accusé d'entrer dans « une ère moderne » avec son système « d'enfant roi » etc., etc. Pour sûr, mon crime n'allait pas leur donner tort. Mais je m'éloigne du sujet. En ce qui concerne l'édification de mon monde, j'allais devoir me coller à la tâche barbante de rédiger un dictionnaire et un lexique pour chaque composante de ma création.

De la même façon qu'il m'avait créé un moyen d'expression, mon Père s'était servi de sa faculté d'invention pour faire danser des ombres devant mes yeux afin de me faire rire, et il leur avait donné des couleurs, ce qui est étrange d'ailleurs quand on y pense, l'existence de couleurs dans le néant, mais grâce à cela je ne fus pas désarmé face à ce que je voyais en bas. Mon innovation devait être pleine de couleurs. C'était un peu difficile à affirmer d'aussi loin, car elle baignait dans la pénombre, mais il me semblait pourtant qu'elle me renvoyait une multitude de nuances diverses. Cependant, ce n'était qu'une supposition, car malgré l'existence de plusieurs petites taches de teintes variées, la majorité des éléments que je voyais me semblaient vert sombre, d'un vert tout à fait uniforme. C'est donc en toute simplicité que je décidai de nommer ma création « Univert ».

Tout content d'avoir nommé l'ensemble (ce qui était clairement le plus facile), j'entrepris de m'atteler aux détails. Il me fallait trouver un mot pour chaque chose, même la plus petite. Malheureusement, même en activant le zoom maximal de ma vision, je ne parvenais pas à bien distinguer tout ce qui bougeait en bas, et encore moins ce qui était immobile, surtout dans la semi-obscurité. Je décidai donc qu'il me fallait un éclairage pour travailler convenablement. De plus, les créatures de mon Univert risquaient de dépérir dans le noir.

Lorsqu'on jouait avec les ombres, Père créait du bout des doigts un fin rayon de ce qu'il avait appelé « Lumière ». Il me fallait la même chose, mais en plus fort et plus concentré. Je repensai à ce qui avait jailli au moment où était apparu l'Univert. « Le feu ». Voilà la solution. Il portait ce nom à cause de la sonorité ffffffffff qu'il avait produite en jaillissant.

J'entrevis un petit feu follet qui brûlait encore dans un coin. Je m'en saisis délicatement, soufflai doucement dessus pour le raviver et me mis au travail pour le façonner à ma convenance, jusqu'à ce qu'il ait la forme adéquate. Puis, sans trop savoir pourquoi, je décidai de le nommer « Soleil ». Peut-être car il résonnait d'une certaine manière, il vibrait de la musique des cieux dans une variante de ce qui deviendrait plus tard la note sol. Lorsqu'il eut une forme et une taille qui me convinrent, j'accrochai le Soleil au reste de ma maquette. Et la lumière fut !

Je pouvais à présent mieux observer l'Univert. Je me rendis compte alors que sa beauté n'avait d'égal que sa complexité. Le potentiel de mon art m'apparut alors clairement et j'avoue que je ressentis un léger frisson d'angoisse tout à coup. C'était moi qui avais fait ça ? Je me sentis dépassé par les événements. C'était un projet trop grand pour moi.

D'un autre côté... Il fallait bien avouer qu'il y avait de quoi prendre la grosse tête. Je veux dire. C'est moi qui avais fait tout ça. Tout seul. Comme un grand. Je fus envahi par un sentiment puissant que je ne comprenais pas. C'était comme un grand bouillonnement à l'intérieur de moi. Je pense pouvoir dire rétrospectivement que ce que je ressentais était un mélange d'excitation et de jubilation hystérique même si à l'époque ces mots n'avaient pas encore de sens.

En tout cas, il fallait que je me reprenne et que je reste humble. Après tout, je n'étais pas vraiment responsable, j'avais juste claqué des doigts. Je tentai de calmer mon agitation et me remis au travail.

Mon ouvrage étant immense, je ne parvenais pas à en voir les contours et limites.

Il y avait plusieurs gros habitats ronds, lesquels semblaient tous plus ou moins avoir trouvé une place logique lorsque j'avais ajouté le Soleil à l'ensemble. Ils s'étaient agencés à ses côtés et lui tournaient autour, s'abreuvant de sa force et de sa lumière. C'était comme s'il avait été érigé naturellement comme le chef de bande au milieu de tous les autres trucs ronds, que je nommerais planètes.

Cependant, même si la chaleur du Soleil semblait avoir réjoui ce qui l'entourait, je craignis qu'une exposition prolongée à ses rayons ne soit néfaste. Quoique... J'eus alors plein d'idées d'un coup. J'allais créer un équivalent au soleil, mais qui serait associé à la pénombre.

J'élaborai alors un système de « Jour » et de « Nuit » au moyen duquel je fis en sorte que la lumière du Soleil ne soit qu'intermittente grâce à un mouvement de rotation. Ainsi, les planètes se retrouvèrent à intervalles réguliers plongées dans le noir. Alors je bricolai un gros caillou capable de réfléchir la lumière du Soleil pour approvisionner les créatures des planètes en clarté tout en leur évitant la chaleur. Et pendant que de cette idée naissait « la Lune », je m'aperçus que je trouvais beau et apaisant son éclat pâle. C'est à ce moment-là que je compris que mon Univert devait se teinter d'une chose dont il manquait encore en cet instant : de la poésie. Ainsi, tel un peintre enragé qui jette ses couleurs sur une toile, j'étoffai ma Création de mille couleurs, nuances, textures, températures…

Pour tenir compagnie à la Lune, cette reine de la nuit, j'inventai les étoiles, comme une foule de petits points lumineux parsemant le ciel. Mais, pour éviter que le Soleil ne soit jaloux, il me fallut lui inventer des compagnons à lui aussi. C'est comme cela que naquirent les nuages.

Tout à mon enthousiasme, je ne réfléchissais plus. Quitte à vouloir un monde esthétiquement beau, autant qu'il soit coloré. Moi dont l'existence jusqu'à présent se bornait au rien et au gris du vide (excepté lorsque Père jouait avec les couleurs), je désirais tout remplir avec des teintes bariolées. Je donnai donc naissance aux mers et océans, peuplés de poissons multicolores.

Je composai également des forêts, dans lesquelles vivraient des oiseaux et animaux sauvages aux mille éclats.

Je m'étonnai alors de la simplicité avec laquelle ce que j'imaginais apparaissait clairement, au moindre claquement de doigts. Mes pouvoirs étaient bien plus puissants que tout ce que mes parents avaient voulu me faire croire. La seule chose qui les empêchait auparavant de se manifester était que je n'avais pas conscience de leur existence et de leur force. Or, visiblement, mes seules limites étaient celles qui m'avaient toujours été imposées.

Pourtant, à cet instant précis, il semblait que mes pouvoirs soient infinis. Je créai donc des particularités pour mes planètes. L'une serait bleue, une autre rouge, une autre aurait des anneaux autour d'elle…

Enfin, je décidai d'ajouter quelques petites touches personnelles. Tout d'abord, c'est avec ironie que je me rappelai l'Histoire que me racontaient mes parents à l'aide d'images et de mots qu'ils avaient inventés. « Il y a très longtemps, le grand Pline, un ancien membre de la

communauté, a découvert un trou dans le vide. Et au travers de ce trou, il y avait du mouvement. On raconte que la matière était animée. Pline a tenté d'expliquer en images ce qu'il avait vu, mais tous le prirent pour un fou. » Grâce à son langage, Père renomma cette découverte « la Vie ». Cependant il ajoutait toujours « mais la Vie, ça n'existe pas, c'est un mythe raconté par les anciens pour faire peur aux enfants pas sages, ou pour émerveiller les parents. Tout le monde le sait ».
Très bien. Dans ce cas, perpétuons la tradition. Je résolus de créer quelques espèces et races très belles, mais si rares que peu d'individus pourraient se targuer de les avoir vues. Ainsi, au fur et à mesure du passage du Temps, les autres espèces remettraient en cause la question même de leur existence. Or, ces animaux, tout comme le concept de Vie, seraient bien réels pour qui se donnerait la peine de les trouver.
C'est de cette manière que j'enfantai des dragons, des licornes, des sirènes et bien d'autres êtres.
Désormais, avec ses créatures magiques, ses étoiles et ses couleurs, l'Univert (qui n'était plus si vert que ça finalement) était devenu un poème incarné. J'en fus tout ému.
C'était si paisible, si plaisant à observer... Cependant, je m'interrogeai. Comment allaient se débrouiller ces créatures ? Elles risquaient de disparaître assez vite, car je ne pense pas que mes pouvoirs soient suffisamment puissants pour leur insuffler la Vie éternelle. Il fallait donc que je trouve un moyen pour qu'elles se perpétuent les unes les autres. J'imaginai alors un rituel que je nommai « reproduction ». Cependant, cela risquait d'entraîner une surpopulation des habitats...

Découragé, je soupirai. Qui eût cru que c'était si dur de penser à tout ?

Il fallait donc un moyen de régulation, c'est pourquoi avec une immense tristesse, je donnai lieu à un mouvement cyclique. Le Soleil avait bien son contraire, la Vie aurait le sien. Voici l'arrivée de la Mort...

L'équilibre semblait doucement prendre.

Je décidai donc de pimenter les choses une dernière fois en ajoutant la touche finale. Je voulus que les êtres en bas me ressemblent un peu, je leur transmis donc des choses immatérielles telles que l'amour, les émotions, les sensations et surtout : l'intelligence. J'étais curieux de voir où cela allait les mener.

J'observais pensivement toute cette maquette sous mes yeux lorsqu'un cri étranglé me fit sursauter : « Dieu ! Qu'est-ce que tu as fait !? » Aïe. Je n'avais pas entendu les parents revenir. Or, quand Mère m'appelait par mon prénom, c'était signe de gros ennuis à venir.

Je me retournai avec inquiétude et vis mes parents abasourdis devant ma Création. Ils restaient cois. « La Vie », finit par murmurer mon Père, d'une voix étouffée.

« Comment est-ce possible ? » répondit ma Mère dans un souffle.

Un long silence s'ensuivit durant lequel j'attendis ma réprimande. Et soudain, l'impensable : « C'est beau », murmura Mère.

« Oui », répondit mon Père sur le même ton.

Et, au lieu de la paire de claques attendue, ils me serrèrent contre eux. Et je compris que soudain, je n'étais plus un enfant à leurs yeux. J'étais leur égal. Comme si j'avais accompli une sorte de rite de passage à l'âge adulte en leur absence. Je vis un mélange de crainte et de fierté dans leur regard. Alors, tous les trois nous nous penchâmes à la porte du monde et nous observâmes.

« Je pourrais contempler cela pour toujours », dit enfin ma Mère. Nous acquiesçâmes.

« Je l'ai appelé mon Univert », déclarai-je.

Puis le silence s'installa.

Au bout de quelque temps, mon Père demanda : « Qu'allons-nous faire de tout cela ? »

« Nous allons attendre, répondit Mère. Attendre et observer, sans toucher à rien. Si on ne fait rien, cela finira bien par disparaître un jour. Un Univert aussi grand est incapable de survivre seul et finira bien par s'éteindre. Et nous pourrons nous targuer d'en avoir vu le début et la fin. »

Nous nous installâmes donc confortablement devant le plus beau et long spectacle qui ait jamais existé.

Un dernier bord
Laurent Gagnepain

J'étais en mer depuis plus de huit jours maintenant. La mer persistait à être belle, le vent était au rendez-vous, les voiles gonflées, l'étrave fendait l'écume, bref je nageais dans la béatitude et l'océan des clichés sur les croisières en mer.
Sauf que je n'étais pas exactement en croisière. Pas tout à fait en vacances. Pas vraiment en fuite non plus, même s'il y avait un peu de cela. Le départ et l'avitaillement avaient été rapides, presque brutaux. Je m'étais décidé sur un coup de tête et j'avais quitté Paris aussitôt, direction Paimpol, puis Lézardrieux. Là, j'avais loué pour deux semaines un joli croiseur, coque en acier, du solide. Je ressentais quelque chose de l'ordre du pressentiment, comme si je savais déjà que le pauvre gars qui me faisait confiance ne reverrait probablement jamais son voilier.
J'avais chargé à bloc la cambuse. Je ne sais plus exactement ce que j'avais acheté, mais il y avait de quoi tenir un siège. Rien de subtil, j'en avais ras la casquette des bistrots gastronomiques, des étoilés, des grands crus dans les verres en cristal, des menus végétaliens, végans, bios et non genrés, tout cela à la fois, parfois — les pauvres fous. Je rêvais de sandwichs jambon beurre, de saucisses sèches et de rouge qui tache, de rhum brut loin de ces machins vanillés que l'on vous vend à prix d'or chez ces cavistes snobinards, d'agapes solitaires et simples, de solitude, de tranquillité, de recul, de silence. Avec ce que j'avais acheté, j'allais prendre des kilos et des kilos, c'est certain, mais j'en

avais marre aussi du culte du sport, anima sana in corpore sano et toutes ces bêtises. J'avais vécu des années avec la hantise de prendre du bide comme tant d'anciens copains, faisant attention tout le temps, mis à part certains excès que je m'autorisais régulièrement. Et puis, j'avais acheté une dizaine de paquets de tabac à rouler. Oui, j'avais arrêté de fumer, à une époque. Désormais, j'allais arrêter d'arrêter, j'avais envie de fumées âcres, de nicotine, de tête qui tourne, y compris au petit déjeuner. Le développement durable de mon corps, c'était fini.

Au petit matin, je caltai en surfant sur la marée, en fumant ma première roulée depuis bien longtemps, et je remontai lentement le Trieux en tirant des bords. J'aimerais dire que je savourai ce moment poétique et toutes ces bêtises que l'on écrit d'habitude dans ces cas-là, mais la vérité est que je m'en foutais éperdument. Puis Bréhat sous un brouillard épais, un salut à la bouée mugissante toujours fidèle au poste et qui envoyait à intervalles réguliers ses vagissements aptes à glacer le sang du criminel le plus endurci, et cap à l'ouest.

À vrai dire, je ne savais pas où j'allais. Je savais où je ne voulais pas aller, ce qui n'est déjà pas si mal. Éviter les ports, les mouillages, les villes, les côtes habitées. J'ignorais encore si je voulais revenir ou en finir avec tout ce cirque. Rien, ou pas grand-chose, ne me retenait plus sur le continent, de cela j'étais certain.

Bon, il y avait bien l'écriture qui, depuis quelque temps, pouvait encore me sortir de ma torpeur, me réveiller, m'inciter à sortir de ma léthargie. À telle enseigne que je m'étais décidé à répondre à un appel à textes, peu avant de partir. Je mis le pilote automatique, puis ouvris mon pc portable afin de relire la courte nouvelle que j'avais écrite.

C'est alors que je vis le premier se déployer dans le ciel, lentement, majestueusement, silencieusement. Le champignon atomique grandit et passa en quelques secondes de l'enfance à l'adolescence, puis de l'adolescence à l'âge mûr. À vue de nez, c'était vers Plymouth. Rayée de la carte. Puis, comme le disait joliment Michel Butor dans l'incipit de *L'Emploi du temps*, les lueurs se sont multipliées. Ce furent deux, puis trois, puis quatre champignons qui se déployèrent à l'Est. Paris, Bordeaux, Madrid, Lisbonne, peut-être ? Je cessai de compter pour m'absorber dans ce spectacle absolument fascinant.

C'était encore mieux que le final de *Docteur Folamour*, vraiment. D'abord, c'était la réalité, et non pas une fiction. Ensuite, et surtout, c'était en couleurs. Le soleil couchant avait trouvé son répondant, et quel répondant ! C'était un concours exubérant de lumières et de rayons, de diffractions et de réverbérations, de chatoiements et de réactions en chaîne, d'allitérations colorées et luxuriantes. Bref, c'était splendide, vu de là où j'étais. Oh, bien sûr, je ne sous-estimais pas les nombreux désagréments que devaient sans doute subir les foules concernées, mais ce n'était plus guère mon sujet.

J'essayai de savoir ce qui se passait en allumant la radio, que je m'étais pourtant juré de laisser dormir. Les premières minutes, je captai encore quelques bribes. Pas de français, pas d'anglais, pas d'italien, aucune langue d'Europe. J'entendis quelques bribes paniquées, peut-être en indien puis en japonais. Au bout de quelques minutes, au moment où le soleil plongea franchement dans la mer pour aller se coucher, tout se tut. Silence radio, c'était le cas de le dire. La nuit tombée, j'eus l'impression de voir quelques lueurs de l'autre côté de l'Atlantique, mais c'était sans doute des hallucinations, car il est bien peu probable que je fusse en mesure d'apercevoir, à cette distance, ce qui a peut-être anéanti les Ricains à leur tour — bien fait.

Je mis cap au nord. Pourquoi le nord ? C'était la direction de l'Islande, et je n'imaginais pas qui pouvait être assez méchant pour aller bombarder cette île qui ne contenait pas grand-chose, mis à part la tombe de Bobby Fischer, quelques mines à cryptomonnaie, des bananes sous serres chauffées à la géothermie et qui produisait, de temps en temps, des équipes de foot tenant la route, peuplées de géants hirsutes et joviaux.

Pour ce que j'en savais, l'humanité avait peut-être été rayée d'un trait de plume, et nous n'étions possiblement plus qu'une poignée de navigateurs à exister encore. Quelle ironie ! Moi qui méprisais plus que tout cette civilisation, cette vie, voilà que j'étais promu L'Un des Derniers Représentants de la Race Humaine ! Il me fallait à tout prix éviter de croiser d'autres navires, surtout si une femme était à la barre, car elle risquait alors d'avoir l'idée loufoque de repeupler la planète avec bibi. C'est qu'elles sont capables de tout, vous savez. Et puis Adam et Ève, très peu pour moi. J'allumai une énième cigarette : la planète venait pour ainsi dire d'être atomisée, plus aucune de raison de s'emmerder, vraiment, avec des principes. J'étais renforcé dans mes nouvelles résolutions. C'est Camus je crois qui, dans *La Chute*, décrit ce gugusse qui avait décidé d'arrêter de fumer puis qui, s'étant enquis dans son canard vespéral des admirables conséquences des premières bombes atomiques larguées sur l'archipel nippon, entra derechef dans un bureau de tabac s'acheter une cartouche de cibiches.

Je fis le point sur la situation. Plus de radio, plus de mail, plus de SMS, plus de GPS — ce dernier point m'indiffère, je navigue à l'ancienne, au sextant et aux étoiles. Il n'y a

plus que le vent, les vagues, la succession des jours et de la nuit, et pas encore d'oiseaux — je suis loin de toute côte. Quel paradoxe ! Songer à disparaître, partir en mer pour cela, et rester survivant. Dieu, s'il existe, est farceur. Je ne sais pas s'il joue aux dés, mais il est farceur.
Désormais, ma décision est prise. Il me serait indifférent que l'Islande existe encore, car je n'ai pas envie de vivre à nouveau avec mes congénères, comme on dit. Et si elle n'existe plus, alors plus rien n'existe, sauf peut-être quelques cinglés que je n'ai aucune envie de rencontrer. Entre celles qui voudraient me transformer en géniteur et ceux qui voudraient tout bonnement me manger pour survivre, vous imaginez l'angoisse. Ça fiche carrément les pétoches. L'ambiance « La Route » de Cormac McCarthy, très peu pour moi.
Je vais mettre le navire à la cape afin qu'il ralentisse et ne soit plus porté que par les courants. Je vais m'attabler sur le pont afin de descendre une bouteille de Côtes du Roussillon. Je regarderai une dernière fois la lune, je penserai à ce fameux poète persan — « *Prends une urne de vin, va t'asseoir au clair de lune, et bois en te disant que la lune te cherchera peut-être vainement, demain* », je fumerai la dernière cigarette, puis je plongerai dans les eaux noires et glacées. Mourir comme le héros du *Jeu des perles de verre,* la classe.
On peut rater sa vie quand on réussit sa sortie.

« L'orgueil de la maison », disait Baudelaire
Éléonore Sibourg

       La chasse, c'est ce que je préfère. Je suis né pour ça. Il en a toujours été ainsi : nous sommes faits pour tuer. C'est la loi de la nature. Il est plus facile de dire cela quand on se trouve du côté des prédateurs. Je le concède.
La nature est très belle aujourd'hui. Une brise légère fait danser le feuillage des arbres. Les flaques de soleil flottent tranquillement sur l'herbe. Je m'en fous complètement. Mon plaisir est ailleurs : je suis à l'affût. Pour ce genre de divertissement, je suis d'une infinie patience. J'ai repéré un jeune lièvre qui a fait du taillis près duquel je suis posté, son refuge. Il s'y croit à l'abri. Il a raison. Mais quand il va sortir, je serai là. Il y a quelques semaines à peine, il était encore dans le ventre de sa mère. Il n'a pas eu le temps d'apprendre la vigilance nécessaire à la survie de son espèce. La hase, c'est une autre histoire. Quand je la vois, c'est de loin, furtivement. On ne la lui fait pas, à elle. Ce n'est pas pour rien qu'elle disperse ses petits. Elle sait que je vais venir les traquer.
Le soleil décline depuis longtemps déjà. Je n'ai pas bougé d'un poil. La chasse est un art et je le maîtrise à la perfection. Soudain, des feuilles craquèlent. Des branches s'agitent. Je le vois : un petit nez frémissant pointe à travers les ronces. Allez viens, n'aie pas peur ! Voici que le temps commence à se resserrer. Mes muscles se sont raidis sans que je m'en aperçoive. Le réflexe. Le levraut s'avance encore un peu. Son regard embrasse le sous-bois. Il n'est pas tout à fait à découvert. C'est le moment que je préfère,

quand je sais qu'il ne reste que quelques secondes. Ce sont les plus délicieuses en réalité. Même la mise à mort de ma proie n'est pas aussi délectable, elle ne fait que sanctifier cet instant qui l'a précédée. Il avance encore, se redresse, de plus en plus confiant. Ses oreilles de velours écoutent le silence traître qui lui cache ma présence. L'arrogance de la jeunesse. Ça y est.
Comme un ressort, je jaillis de l'herbe. Mes griffes acérées se plantent dans sa fourrure. Il couine, terrorisé, mais déjà ma mâchoire se referme sur sa nuque. Briser les vertèbres cervicales, c'est mon truc. J'entends le craquement des os. Ils sont tendres encore, à cet âge. Le goût du sang me remonte sur les babines. Je desserre mon étau. Le levraut est pris de soubresauts. Ses cris s'affaiblissent. Je lui donne quelques coups de patte puis, lassé déjà, je m'éloigne, abandonnant l'animal à son agonie. Je ne tue pas pour me nourrir, non. Moi, je tue pour mon plaisir.
Qu'il est agréable de trottiner après avoir passé des heures sans bouger ! Tout mon corps se délie dans la tiédeur de fin d'après-midi. J'entends Laure qui m'appelle. Cela me donne faim. L'habitude. Je passe sous la haie pour retrouver mon jardin. Elle est sur la terrasse. Dès qu'elle me voit, son visage s'éclaircit :
— Mais où étais-tu passé ? Je me suis inquiétée !
Je file entre ses jambes sans m'attarder à la caresse. Direction la gamelle. Oui, je suis servi. Elle me rejoint et s'accroupit. Elle me regarde manger sans me déranger, le sourire aux lèvres.
Une question me taraude. Elle revient me titiller les moustaches en ce moment même. Les mécanismes de la nature, je les connais. Ceci m'échappe : pourquoi les humains nous aiment-ils tant, nous les chats ?

Je termine mon repas et m'installe sur la terrasse. Les planches en bois, frappées de longues heures par le soleil, regorgent de chaleur. Je m'allonge et plisse les yeux. Le temps de la digestion, c'est aussi celui de la méditation.

Nous sommes devenus l'animal de compagnie préféré des humains. Treize millions en France, paraît-il. Et encore, je parle des « domestiques ». C'est sans compter ceux d'entre nous qui sont retournés à la vie sauvage. Moi-même, je joue dans l'entre-deux. Je passe l'essentiel de mon temps dehors, à chasser. Je traque les campagnols, les musaraignes, les lézards, les libellules, les grenouilles… Enfin, tout ce qui est à ma portée. Je ne vous parle pas des oiseaux ! Cela fait belle lurette que l'on n'a pas vu, par ici, chanter une mésange ou nicher une hirondelle. D'autant que je ne suis pas le seul dans le coin, à décimer le territoire. Nous sommes légion.

Il est vrai que, lorsque je ramène une proie dans le jardin, Laure n'a pas l'air horrifiée. Elle qui s'émerveille des bourgeons au printemps, qui ne tuerait pas une mouche — « elle a autant le droit de vivre que moi », l'ai-je entendu dire, une fois — eh bien elle me regarde, et me gronde gentiment : « Vilain ! Tu as encore tué un hérisson ! ». Que ce soit un moineau ou un écureuil, c'est du pareil au même. J'ai fait le test. Elle ramasse l'animal, les lèvres pincées, pour aller le jeter. C'est tout. Elle ferme les yeux sur mes massacres et s'émeut, sur Internet, devant des photos de chatons. Cocasse.

C'est bien cela qui me turlupine. Les humains tolèrent nos absences, nos trophées, notre indifférence, notre cruauté. Ils accepteraient tous les coups de griffe contre une minute de ronronnement. Qui, paraît-il, aurait un effet « thérapeutique ». Il n'empêche, s'ils n'avaient besoin que d'amour, ils prendraient un chien.

Le meilleur ami de l'homme. Tout son univers gravite autour de son maître. A-t-on jamais vu race plus servile ? De tous les animaux, c'est celui qui a noué les relations les plus étroites avec l'humain. On l'assigne à une fonction, il s'y tient sa vie durant. Chien de garde, de berger, d'aveugle. Chien de chasse, policier. Je ne connais pas de punk à chat. Je ne verrai jamais l'un de mes congénères rester fidèlement aux pieds d'un sans-abri, sans lui faillir. Il n'y a bien que le chien pour aimer un humain malgré sa crasse et son dénuement. Non, ce n'est pas uniquement par amour que l'on nous adopte. Ce doit être autre chose.
Je me lève et m'étire. Ce levraut sentait fort. Son odeur et ses poils imprègnent ma fourrure. C'est l'heure de la toilette.
Contrairement aux chiens, nos relations avec les hommes ont été plus que mouvementées. Nous étions momifiés en Égypte ! Bastet, notre déesse, était révérée pour sa figure féline, car nous prenons, paraît-il, « en songeant les nobles attitudes des grands sphinx allongés au fond des solitudes ». Élégant. Mais gare à la versatilité de la roue de la Fortune ! Il fut un pape, au Moyen-Âge, qui nous déclara suppôts de Satan. Attribut des sorcières, mes ancêtres ont souvent connu leur sort. Combien d'entre nous ont brûlé dans des paniers suspendus au-dessus des feux de la Saint-Jean ! D'y penser, mes moustaches en frémissent. La créature la plus intelligente de la planète, aujourd'hui encore, peut trembler au passage d'un chat noir. Stupéfiant. Heureusement, je suis roux. Peut-être est-ce pour cette raison que nous gardons nos distances envers le genre humain. Nous nous souvenons. Une histoire d'amour, pourquoi pas, mais surtout de haine, et de dévotion.
La lumière s'est inversée. Je quitte l'obscurité du dehors pour rejoindre Laure dans le salon chaudement éclairé.

« Viens près de moi, vieux matou ! » Oui, j'ai bien envie de me faire caresser. Je grimpe sur ses genoux, les pétris de mes pattes. Elle aime quand je fais ça. Je m'installe.

Alors, pourquoi les humains nous prisent-ils tant, aujourd'hui ? Soyons pragmatiques : le chat est un animal facile à vivre. Moins encombrant qu'un chien, moins sale. L'époque est à l'hygiénisme. Je regarde ma douce Laure. Ses yeux sont rivés à l'écran de télévision, mais sa main continue de me caresser. Pour combler la solitude aussi, sans doute. Mais encore ?

Le journal télévisé déploie ses catastrophes. Je vois défiler des images d'explosions où les flammes succèdent aux larmes d'un enfant. Puis c'est un ouragan qui ravage un littoral, quelque part, jouant avec les voitures et les maisons. Les flammes reviennent, dévorant une vaste forêt d'eucalyptus. La caméra zoome sur un koala au pelage grillé. Je me demande quel goût peut bien avoir cette bestiole. Le corps de Laure se met à trembler. Je relève la tête. Ses yeux sont mouillés.

— Quelle horreur…, dit-elle dans un murmure.

Elle me serre contre elle. Je n'aime pas ça. Je miaule.

— Pardon mon minet… Je n'en peux plus de cette violence. Elle est partout. Que penses-tu de tout ça, toi ?

Je la regarde encore. Elle me parle souvent. C'est habituel. Mais parfois, j'ai l'impression que, l'espace d'une seconde, elle attend vraiment une réponse. Comme si je savais des choses qu'elle ignore. Pourquoi ceux de mon espèce suscitent-ils un tel fantasme ? Sont-ce nos « prunelles mystiques » qui, à la faveur de l'obscurité, brillent dans le noir ? Quel est ce sixième sens dont ils parlent tant ? Et ces neuf vies dont nous serions les dépositaires ? Quelles drôles d'idées. Il n'y a que cette vie qui m'intéresse. C'est la seule où je peux dormir, manger et chasser.

Il est vrai que les humains sont particulièrement réputés pour se poser tout un tas de questions. Éprouvons-nous un attachement réel pour eux ? Ou bien sommes-nous de vils opportunistes, comme Laure me le dit parfois avec un sourire chagrin ? Un peu des deux, j'imagine. Je ne m'interroge pas à ce sujet.

C'est sans doute cela qui les retient : ils ne savent pas. Ils butent sur la réponse. Fascinés, ils ruminent notre cas particulier. Oui, c'est cela !

Nous sommes fascinants. À l'image de nos cousins, lynx et panthère, notre coup de griffe est précis. Acéré. Comme eux, nous sommes sauvages. Et pourtant, nous tolérons des maîtres. C'est là tout le miracle de mes pattes : une fois rentrés les fins couperets, elles redeviennent velours.

N'est-ce pas ce que les hommes admirent ? Je rentre d'une expédition nocturne. Ce que j'ai fait, personne ne le saura. Ce qui est visible, c'est ceci : ma démarche féline et mon agilité silencieuse qui suscitent tant de regards extasiés. Le roulis de mes omoplates, la douceur de mes coussinets. Je suis le symbole de la distinction. Me voici redevenu un chat civilisé : je ne me goinfre pas comme un chien, non, je déguste. Dès la fin de mon repas, j'use de mes pattes comme le bourgeois de sa serviette : je m'applique à nettoyer ma moustache. On me prête des appétences aristocrates, une élégance de « caractère ». Les bipèdes auraient-ils la nostalgie de la noblesse ? Ce serait oublier les chats de gouttière !

Nous cultivons cette double nature. Mais... les hommes ne font pas autre chose. Quelle autre espèce conjugue, comme nous le faisons, le raffinement et la barbarie ? Les humains partout ont proliféré, abîmant sur leur passage une nature qu'ils pleurent aujourd'hui. Alors, faute de mieux, ils

prennent un chat : parcelle de sauvage qu'ils retrouveront lovée le soir, sur leur canapé.
Achetés, élevés, reproduits, abandonnés, oubliés, nous glissons malgré tout à pas feutrés dans leur ombre. Reproduisant, à notre échelle, les mêmes carnages. Je vois maintenant à quel point nous sommes intimement liés. C'est peut-être cela, la réponse. À une différence près.
Je me lève. La nuit m'appelle. Je miaule devant la porte.
— Tu t'en fiches pas mal, hein ? me dit Laure, du reproche dans la voix.
Elle se lève tout de même. Elle me connaît.
— À demain vieux briscard.
Elle me gratte sous le menton. Je quitte mon habit de chat domestique pour revêtir pleinement ma nature sauvage. Je pars à la chasse.
La nuit est à moi. Une brise fraîche fait danser mes moustaches. Quelle sera ma proie ce soir ? C'est sans doute cela, oui, ce fameux détail qui nous sépare. Peut-être que ceux qui nous possèdent nous aiment. Je pense surtout qu'ils nous envient. Je n'ai nulle contrainte, nul devoir. Je ne me soucie pas de ma double nature : je la vis.
« Et si l'on prenait un chat ? » Avouez-le, bipèdes, vous voulez prendre possession de notre mystère. Vous désirez être anoblis. Et peut-être espérez-vous, en vivant à nos côtés, devenir comme nous : des êtres doubles, raffinés, mais dénués de culpabilité.

Le ressac des mères
Christian Xavier

C'était mon instant préféré. Mes doigts, solidement ancrés sur le sol, ne faisaient qu'un avec la Terre. Et je ne vous parle pas de mes orteils, de véritables ressorts. L'ensemble de mes muscles jambiers d'ailleurs, mes quadriceps, ischions et jumeaux, étaient tendus comme des élastiques. Recroquevillée dans la posture typique d'un animal sauvage, j'étais prête à bondir. À ce moment précis, j'avais encore incontestablement une emprise sur le temps. Je ne faisais qu'un avec lui. J'étais le temps. L'air, autour de moi, devant moi, je le ressentais pleinement. Je le voyais à travers toutes ces petites particules de poussières qu'il maintenait en suspension.
Je sentais aussi les battements cardiaques dans ma poitrine. Mon cœur pulsait tranquillement, au repos. Ma respiration était ample et ronde. Je sentais l'oxygène affluer dans mes poumons. Tout allait bien. Ma puce AG, implantée derrière mon oreille droite, confirmait l'état de mes paramètres vitaux. Ma température corporelle avoisinait les 36,5 degrés, mes pulsations franchissaient à peine les 50, ma saturation en oxygène frisait les 99 % et ma fréquence respiratoire approchait les 18 mouvements par minute. Mes constantes étaient nominales. J'étais prête. On ne peut pas plus.
Ma puce m'indiqua qu'il restait cinq secondes et se paramétra automatiquement en mode « ne pas déranger ». Désormais, elle ne m'enverrait que les informations importantes pour la course. Appels, notifications, brèves et

autres signaux secondaires seraient filtrés. J'ai fixé la piste, effaçant de mon esprit les contours du stade, les gradins, les spectateurs encore rares en ce début de matinée. J'effaçai aussi les tours immenses en construction qui s'élevaient çà et là dans la brume matinale de ce qui fut Shanghai, symboles d'une ville en reconstruction.

***

Trois secondes plus tard, le temps serait à nouveau mon ennemi. Je m'élancerais dans ce quatre cents mètres que je ne finirais jamais.

***

Ma puce m'envoya enfin le signal du départ. Je me suis catapultée en avant. Je sentais le vent siffler dans mes oreilles, dans un moment de pure extase. J'ai parcouru les 370 premiers mètres comme une flèche, mes pieds effleurant à peine la cendrée de leur foulée. Mia, Zo et Benghazi, mes trois amies, et concurrentes ce jour-là, se trouvaient largement derrière. Je n'entendais même plus leur souffle. L'arrivée était déjà là, à quelques enjambées. Cinquante secondes s'étaient écoulées depuis le départ. Mon temps était excellent, et, si je tenais le coup, j'allais vaincre mon propre record, celui des premiers Jeux olympiques du Nouvel Ordre Mondial, Jeux auxquels j'avais eu l'honneur de participer, record que je n'avais jamais battu depuis.
Mais, soudain, je n'ai plus senti mes pieds, les muscles de mes jambes se sont dérobés, la puce AG s'est littéralement mise à hurler dans mon crâne, comme une théière fissurée qu'on aurait trop chauffée. J'aurais voulu l'arracher de ma

tête, mais j'étais incapable de contrôler mes mains. Comme une poupée de chiffons, je me suis écroulée sur le sol déjà chaud de la piste.
S'il y avait eu des caméras, ce jour-là, on m'aurait vue fondre sur place. J'ai oublié comment ma tête a heurté le sol, mais je me souviens, par contre, parfaitement de l'odeur âcre de la poussière qui pénétrait mes narines et ma bouche. J'ai perdu connaissance.

***

Le « bug », comme nous l'avions d'abord nommé, a affecté simultanément les 360 342 421 citoyens du Premier Quadrant, le quart de la population humaine à peu près, ce 21 junan 2075 fatidique, à @H6.63 précises. Tous ont ressenti les mêmes symptômes, tous se sont écroulés sur place et la plupart se sont évanouis. Et tous, comme moi, ont rapidement repris conscience. Des accidents ont certainement dû avoir lieu. On n'a su que peu de choses.
Pour ma part, lorsque j'ai ouvert les yeux, à travers la poussière encore en suspension, j'ai d'abord aperçu Mia, à quelques mètres de moi. Elle paraissait sans connaissance. J'ai essayé de me mettre à quatre pattes. Alors, comme un coup de fouet, j'ai ressenti un vertige d'une telle intensité, que je suis retombée à terre. Une sensation de vide m'envahissait. Le silence régnait sur la piste et faisait écho à l'absence totale d'informations en provenance de ma puce AG. Depuis ma première implantation, vingt années s'étaient écoulées. Jamais je n'avais ressenti une telle absence. Elle restait muette. La nausée caractéristique du manque de stimuli extérieurs n'a pas tardé à inonder mon corps. Petit à petit, j'ai cependant repris le dessus.

Nous savons maintenant que ce soi-disant « bug » constituait, en réalité, le plus important coup d'État de toute l'histoire de l'humanité. L'*Intelligence-mère* avait décidé, probablement après avoir calculé toutes les variantes, qu'il était bien plus sûr pour nous qu'elle prenne le contrôle.
Mais ça, nous l'avons compris trop tard. Et quand je dis « nous », il ne s'agit que d'une petite poignée d'humains. Pour la plupart, ce ne fut qu'un instant vite oublié. Réseau après réseau, en effet, la connexion s'était rétablie, et le monde avait repris vie. Les conversations restèrent cependant muettes sur l'incident. L'*Intelligence-mère* y veillait.

***

Rassemblant toute mon énergie, j'ai finalement réussi à me positionner à quatre pattes. Mon corps tremblait encore. J'ai lentement parcouru la distance qui me séparait de Mia. Je l'ai secouée, doucement. Elle a ouvert les paupières et m'a regardée. La surprise se lisait dans ses yeux noirs. Elle m'a souri et a murmuré quelque chose de sympa. Je ne m'en souviens plus exactement. Quelque chose comme : « Je vais bien, et toi, la forme ? » C'était tout Mia, toujours de bonne humeur, avec son petit nez qui fronçait à chaque mouvement des lèvres.
Nous avons ensuite réveillé Zo et Benghazi. On était là, debout, toutes les quatre au milieu de la piste à se demander ce qui nous arrivait. Et, autour de nous, régnait toujours ce silence.
Ce n'est que lorsqu'il commença à rendre sa place au brouhaha de la vie urbaine, que j'ai pensé à Lee. Elle était probablement seule et je n'avais aucun moyen de la contacter. À deux ans, ma petite fille était encore trop jeune

pour se faire implanter une puce. Elle ne risquait donc pas grand-chose. Mais, à ce moment-là, je n'en savais rien. Je DEVAIS savoir comment elle allait. L'instinct me le dictait, plus fort que tout.
Rapidement, je tentai de faire l'inventaire de mes moyens d'action. Notre robot domestique ne répondait pas. Mais c'est surtout lorsque j'ai compris que je ne pouvais pas non plus joindre son père, Tui Leh, que la panique a commencé à m'envahir.

***

Je me suis mise à courir. Après tout, j'avais l'équipement qu'il fallait. Finalement, ce jour-là, je n'avais peut-être pas battu mon record de vitesse sur quatre cents mètres, mais j'étais prête à le battre sur les quinze kilomètres qui me séparaient de Lee. J'avais juste oublié un paramètre. Le soleil s'était levé depuis une heure, et, déjà, la température dépassait les trente degrés. Je n'avais qu'une petite heure pour rejoindre la protection des habitations. Pendant tout le trajet, alors que je croisais mes semblables qui se relevaient lentement, hébétés, j'ai insulté nos ancêtres. J'ai maudit leurs gros véhicules polluants, leurs avions, leur manque de lucidité, leur volonté de liberté, leur arrogance abrutissante. Ils nous avaient laissé une planète exsangue. Tout ce qu'il nous restait, c'était de suffoquer en silence.
À y repenser, je comprends qu'une grande partie de nos citoyens s'est rapidement ralliée à suivre le joug de l'*Intelligence-mère*. N'avions-nous pas maintes fois prouvé notre incompétence crasse à gérer le monde ? Nous avions été incapables de faire autre chose que de parler de réduction de la pollution dans des agendas quinquennaux

qui se suivaient sans effets. Et, faute de pouvoir nous mettre ensemble, nous avons fini par nous entre-dévorer, provoquant une guerre civile mondiale qui venait à peine de s'achever. Grâce à la sagesse des Fondateurs du Nouvel Ordre, misant sur un fragile équilibre, nous avions enfin, à nouveau, notre destin en main.

***

Je ne sais pas comment j'ai fait, mais je suis finalement arrivée à la maison, heureuse d'entendre le sas se refermer et laisser derrière moi la chaleur infernale de la journée. J'ai serré ma petite très fort dans mes bras. Mes larmes ont coulé jusqu'à ses propres joues. Et je suis restée ainsi sans rien dire pendant un long moment. Jusqu'à ce que Tui Leh apparaisse, le souffle rauque. Lui aussi avait couru. Sans un mot, il nous a enlacées, toutes les deux.
Mes pensées sont alors retournées à la situation. Je savais que le monde allait changer. J'en connaissais mieux que quiconque les conséquences. Les Fondateurs, après avoir divisé le monde en quatre quadrants hermétiques, avaient placé leur espoir dans la technologie en général et dans l'intelligence artificielle en particulier. Cela n'avait été qu'un leurre. Les connexions instantanées, les connaissances infinies, les simulations virtuelles et tous les incroyables pouvoirs que les puces AG avaient apportés aux humains de la deuxième moitié du vingt-et-unième siècle n'auront fait que les enfermer dans la plus parfaite des prisons.
Je savais aussi que la plupart de mes concitoyens allaient se satisfaire de la situation sans broncher et que d'autres allaient vouloir lutter, par la violence, de toute la force du désespoir. Pour moi aussi, il n'y avait aucun doute, même

pas une once. Moi aussi je voulais libérer mes compatriotes, mais il fallait que chacun en fasse le choix. Malgré l'incommensurable obstacle qui se dressait devant nous, c'était la seule voie possible. L'humanité avait un nouvel ennemi, et devait enfin prouver qu'elle était capable de le vaincre en unissant ses forces.
Comme s'il lisait dans mes pensées, Tui Leh s'est levé et m'a dit, je m'en souviens très bien : « Ce sera long et difficile, mais nous y arriverons. Nous sauverons Lee, nous les sauverons tous, ensemble. »

***

Les années suivantes ont été pour nous les plus intenses de notre vie. À son insu, nous avons préparé Lee de toutes les manières possibles. Discrètement, sans éveiller les soupçons de l'*Intelligence-mère*, nous avons également constitué un réseau de communication parallèle avec des milliers de résistants disséminés dans tout le Quadrant.
Finalement, après six années d'efforts, nous étions prêts à mettre en œuvre la décision que nous avions prise après ce jour funeste. Lee, comme d'autres de sa génération, deviendrait notre agent double, notre cheval de Troie, celle par qui l'Intelligence toute-puissante allait pouvoir être vaincue. J'avais fait un choix qu'aucune mère ne devrait avoir à faire.

***

Le 33 decan 2083 à @H21.9 402 131, l'Intelligence-mère enregistra l'accident du transporteur et la disparition du signal de Tui Leh Ping, mâle, 45 ans, ingénieur, Fang Hua Ping, femelle, 43 ans, bio-mathématicienne et des cinq autres passagers d'une expédition scientifique dans le sud du Quadrant. Elle envoya une équipe évaluer les dégâts à l'appareil et récupérer les corps. Elle chargea également une autre équipe de récupérer Lee Ping, femelle, 8 ans. Selon la Constitution rédigée par les Fondateurs eux-mêmes, l'orpheline devait être prise en charge par la communauté du Quadrant. L'Intelligence réquisitionna une place pour Lee dans l'internat destiné à la formation des cyber-samouraïs dont Elle *assurait* Elle-même *la formation.*

Les amours de sir Smallman
Bertrand Ruault

Sir Smallman s'éprit deux fois dans sa vie : à trente ans de sa future et unique épouse, et à soixante de son logis. Il déclara sa flamme à la première, mais non son coup de foudre pour la seconde à son assureur. Grâce à la vente de biens de famille dans son île natale, il acquit sur le continent, un exceptionnel domaine qui l'avait conquis à leur rencontre liminaire. La transaction constituait, en quelque sorte, un retour aux sources, car il se situait en Guyenne, ancienne colonie anglaise apportée en dot par Aliénor d'Aquitaine à Henri II. Élégant, des yeux bleus charmeurs et pétillants, un teint pâle d'aristocrate, des cheveux blanc immaculé sous une casquette assortie à sa veste en tweed, il arpentait ses terres, par météo clémente, en authentique gentleman-farmer. Il s'exprimait dans un français impeccable avec un accent charmant, citant volontiers Montherlant pour évoquer sa propre misanthropie. Son intégrité l'empêchait de déroger à la législation. Il rêvait souvent qu'un procureur général tendait vers lui un index accusateur et vengeur, et se réveillait terrorisé. Ce n'était qu'un cauchemar récurrent et il n'avait, Dieu merci, jamais mis les pieds dans un tribunal. Par bonheur, tout le monde ne lui ressemblait pas, sans quoi les cent quarante-neuf mille sept cents policiers se seraient retrouvés au chômage. Il cultivait à l'excès l'honnêteté et la pudeur. Il ne parlait pas de sexualité, ne formulait pas d'expressions grivoises, n'employait ne serait-ce qu'un mot

grossier ou déplacé. Voici, rapportées par sa conjointe, les phrases les plus osées de sa vie :
— Une marguerite se plaignait à une rose de ne pas être célébrée par les poètes. Cette dernière lui rétorqua que pas âme qui vive ne l'avait déshabillée en lui susurrant des mots d'amour.
Il fuyait la nudité, la sienne et celle d'autrui. Il vivait à l'heure de la morale victorienne. Partager l'existence avec un tel mari dispensait Wendy d'éprouver de la jalousie.
Vêtue d'amples robes pastel, elle illuminait les vénérables pierres et les égayait en chantonnant un air des Beatles. Fantasque, elle effrayait son époux en plaçant des crapauds dans des soupières alors qu'il salivait à l'avance d'un minestrone à la milanaise. Elle bousculait sa mélancolie par une fantaisie naturelle.
— Smallman, je souhaite inviter ma sœur cet été. Qu'en pensez-vous ?
— Ce type de malédiction est-il absolument nécessaire ?
— Elle est gaie et bavarde. Nous passerions de bons moments.
— Allez-vous en ville, aujourd'hui ?
— Vous avez besoin de quelque chose ?
— Des boules Quiès, c'est pour prévenir les effets désastreux sur mes tympans du cataclysme sonore qui appartient à votre fratrie.
— Je vais me changer pour faire de la moto : il commence à pleuvoir et la structure du sol pourrait se révéler intéressante.
— N'auriez-vous pas vu le Times, je ne l'ai pas lu ce matin ? Le facteur ne l'a pas amené ?
— Si, près de la grande glace dans le salon.

Et lorsqu'il gagna l'endroit indiqué, il remarqua, en jetant un œil à son reflet dans le miroir, un chapeau en journal sur sa tête.
Son caractère tourmenté l'inclinait vers les arts. En homme de goût, il avait réussi l'exploit de transformer les immenses salles froides de l'antique bâtisse en des espaces douillets et cosy. Il avait su recréer avec un luxe raffiné, le climat « home sweet home » des demeures anglaises. Il admirait le vieux parquet dans lequel se reflétaient les vitrines de porcelaines délicates, décorait chaque pièce des fleurs du jardin et enlevait les bouquets d'orties que sa provocante moitié confectionnait. C'était un vieillard maniaque qui ne buvait pas de vieil Armagnac, lui préférant le whisky de ses origines. Au « tea time », pris dans une ambiance feutrée, il jouait du Wagner ou peignait un coin champêtre qu'il possédait. Ne cédant pas aux pressions de sa compagne, il s'opposa à la construction d'une piscine, ne voulant pas dénaturer la beauté ancestrale de sa forteresse. Ces baigneuses presque dévêtues, infusant dans un gigantesque bol d'eau javellisée, constituaient pour lui, le comble de la vulgarité. Il comparait volontiers ses contemporains qui s'adonnaient à ce sport choquant, au bétail des agriculteurs qui pataugeait dans les marres environnantes.
Probe, fidèle, artiste, pudique, il ne faudrait surtout pas imaginer notre émigré insulaire fier de ses vertus. De nature humble et modeste, il ne se considérait pas comme un privilégié richissime. Le fisc, en revanche, ne partageait pas son opinion et lui fit l'honneur d'intégrer la caste des heureux élus redevables de l'I.S.F. La somme réclamée par l'État se révélait astronomique. Vendre son bien le plus précieux, son magnifique trésor, son palais séculaire, équivalait à lui ôter sa raison de vivre. Pour s'acquitter de la nouvelle taxe, sa Dulcinée, aux yeux de Dieu et de la loi, lui

suggéra de mettre son manoir en location saisonnière. L'idée de se priver pendant le trimestre estival de ses chères pierres le crucifiait. À contrecœur, il se résolut à s'en couper au maximum une dizaine de jours tout en priant, en chrétien exemplaire, le Très-Haut que nul ne l'écartât de son immense amour. Wendy, friande de modernité, créa un site Internet et elle mit la gentilhommière, aux regrets de son adorateur, sur la Toile. Il redouta que ses prières fussent trop efficaces, car sa messagerie restait vide. Quand un après-midi, il lut le texte suivant :

Monsieur,
Nous cherchons une demeure de charme pour la période de juin à septembre 2018, afin d'y réaliser la prochaine production cinématographique intitulée « Les filles à la campagne saison deux ». Le contrat de mademoiselle K., l'actrice principale, qui ne peut se séparer de son petit chien, stipule que les décors ne doivent contenir aucun lieu dangereux, où il pourrait se noyer. Nous allons, d'ores et déjà faire nos repérages du 21 au 26 avril. En effet, nous dédions cette semaine pour visiter les annonces qui ont retenu notre attention. Cependant, nous ne vous cachons pas que notre préférence va vers la vôtre, découverte sur une page web fort conviviale. À cause de contraintes liées à notre activité professionnelle, nous avons plusieurs questions à vous poser.
Pouvez-vous nous réserver quatre mois d'affilée ? Faites-vous la pension complète ? Nous serions disposés à débourser cent euros quotidiennement, par personne, si vous assurez les repas pour l'ensemble de l'équipe, à savoir vingt-huit bons vivants. Y a-t-il un emplacement proche pour placer une trentaine de caravanes ? Nous optons pour le forfait ménage, vu le peu de délicatesse de certains

acteurs. Hélas, le litige avec le propriétaire de la villa ayant servi de cadre aux « filles à la campagne saison une » s'éternise. Avez-vous des animaux de ferme chez vous ou connaissez-vous un agriculteur qui nous louerait ses bêtes : poules, vaches, cochons... ? Nous recherchons également des figurants, un couple d'âge mûr, qui accepterait que leur image soit diffusée dans les circuits audiovisuels spécialisés. Nous vous enverrons d'ici peu le DVD dont nous projetons de créer la suite dans votre donjon historique. Vous jugerez par vous-même de la qualité et du sérieux de notre société fondée en 1969. Auriez-vous la gentillesse de nous tenir informés ?
En espérant une réponse favorable de votre part, nous vous prions de croire, Monsieur, à l'expression de nos sentiments les plus respectueux.
Signé A.S., responsable de la communication

Cet écrit appelant des commentaires, le piano à queue resta muet et les pinceaux secs. À l'heure du thé, une vive discussion s'engagea. L'esthète cultivé concevait la mort moins douloureuse qu'une séparation de seize semaines avec sa citadelle. Sa conjointe, plus pragmatique, fit des calculs et trouva le bénéfice conséquent. Le gentilhomme vérifia les opérations, se trompa, ils recomptèrent et se mirent d'accord sur un chiffre vertigineux. De quoi régler « l'Immense Sacrifice Financier » pendant des années. Mais comment nourrir tant de gens si longtemps ? Il est vrai que la châtelaine savait cuisiner une savoureuse dinde à la menthe et son mari maniait l'ouvre-boîte en virtuose.
— Smallman, une carrière cinématographique vous tenterait-elle ?
— Le mail évoque deux amants vieillissants...

— Vous nous voyez aussi jeunes qu'Elisabeth II et le prince consort ?

— Le domaine se prête à une atmosphère romantique. Je me demande si le costume d'époque me siérait. Je me vois déjà effleurant vos gants immaculés, en train de vous susurrer des mots doux. Vous joueriez avec une ombrelle qui protégerait la clarté lunaire de votre séduisant minois. J'imagine le soir tombant, où des vapeurs fuchsia flottent sur l'indigo du crépuscule qui finit par l'absorber. Un travelling sur le saule pleureur, et vous déambuleriez, corsetée dans une de ces toilettes somptueuses qui mettraient en valeur votre silhouette gracile…

— Et vous vous évanouiriez à la vue d'une couleuvre. Je vous prendrais dans mes bras et vous vous accrocheriez à mon dos sur ma cent vingt-cinq centimètres cube, interrompit Wendy d'un air enjoué.

— Le subtil charme de votre féminité me sidérera toujours, répondit-il.

— Ils parlent de figurants, pas de rôles vedettes. Je parie que vous serez un garçon de ferme.

— Oh my god !

Inutile de préciser que cette nuit-là, sir Smallman s'endormit sur des images douces et éthérées. À défaut de voir son nom en gros caractères, il se délectait à visualiser l'affiche représentant l'énigmatique mademoiselle K., à la peau diaphane et au front aristocratique, posant dans le parc ou assise au piano. Il prévoyait qu'au générique, le réalisateur remercierait le propriétaire du manoir pour son accueil chaleureux. Il s'émouvait à l'idée de l'amour impossible du protagoniste dépérissant à vue d'œil, à l'instar *du Lys dans la vallée*. D'ailleurs, il ne se souvenait plus trop de l'intrigue et se promit, dès le lendemain, de relire ce Balzac. Et si par un hasard incroyable, le scénario adaptait-il ce chef-d'œuvre ?

Le matin suivant, sir Smallman déjeuna avec un enthousiasme inhabituel. Il se resservit des œufs brouillés et abusa du bacon. Il plaisanta, déclama quelques vers et qualifia le temps, malgré les sombres nuages qui s'amoncelaient à l'horizon, idéal pour une promenade. Il rentra trempé au moment où le facteur apportait un colis de taille modeste. L'adresse de l'expéditeur correspondait aux coordonnées du mail reçu la veille. Nul doute qu'il s'agissait du DVD offert par la production. La météo maussade les incitait à un après-midi devant le petit écran. Ils ressemblaient à deux adolescents allant pour la première fois au cinéma sans leurs parents. La conversation durant le repas ne tourna qu'autour de l'entreprise du septième art. Ils inventèrent une trame, esquissèrent le portrait de la mystérieuse mademoiselle K., y avait-il un clin d'œil au fameux Joseph K., le personnage récurrent de Kafka ? espéraient que le dialoguiste ait parsemé ses répliques du célèbre humour anglais, se demandaient si la fin se conclurait par un happy end. Ils choisirent leurs plus précieuses porcelaines, préparèrent l'Earl Grey avec délectation et s'installèrent dans le canapé du salon, l'œil brillant, au comble de la félicité.

Ils visionnèrent « les filles à la campagne saison 1 ». Le seigneur des lieux fut horrifié. Sa tasse chavira et la sainte boisson imbiba les coussins. Il chercha la télécommande, l'attrapa avec rage, l'échappa, elle se brisa par terre, les piles roulèrent. Il hurla. Sa peau diaphane sous l'effet de son ire s'empourpra comme un alcoolique, ses mains tremblèrent, en un mot, sir Smallman venait de perdre son légendaire self-control. C'était un film pornographique. Il se précipita à son bureau, pianota sur le clavier avec la

fougue nécessaire à l'exécution d'un triple forte d'une sonate de Beethoven. Ne daignant pas même rétorquer son mépris, il jeta l'infâme proposition à la poubelle.
La soirée fut lugubre. Wendy monologua, essaya de dérider son mari, tenta des jeux de mots, posa des questions sur l'arbre généalogique des Smallman qu'elle connaissait par cœur, mais qui enjouait tant son époux. En vain. Il se murait dans son silence, blessé dans son orgueil, broyant du noir et d'horribles images. Quelques jours plus tard, l'ordinateur signala un message non lu.

Monsieur,
Nous sommes ravis d'avoir de vos nouvelles. Toutefois, vous avez sans doute fait une erreur de manipulation, car le courriel était vide ! Nous espérons que vous ne souffrez d'aucune contrariété et que nous aurons le plaisir de vous rencontrer entre le 21/04 et le 26/04. Mademoiselle K., métamorphosée par le gain de son procès pour atteinte aux bonnes mœurs en Amérique, nous accompagnera pour la visite de votre château. Ma secrétaire vous contactera pour fixer un rendez-vous plus précis. Le planning sera très serré. En attendant que nous puissions conclure avec vous, nous vous envoyons un cadeau à titre amical.
En souhaitant moins d'étourderie de votre part, nous vous prions d'agréer, Monsieur, l'expression de notre considération distinguée.
Signé A.S., responsable de la communication

Le flegmatique sujet de Sa Majesté découvrit le présent, lorsqu'il avait oublié cette affaire. Pour le calendrier promotionnel, mademoiselle K. exposait en toute saison son intimité totalement épilée, ce qui dégoûta le vertueux Britannique. Il se sentit harcelé par l'industrie exploitant la luxure. La pensée que son havre de paix servirait de toile de fond à des scènes libertines le mettait hors de lui. Il se représentait l'actrice grimper aux rideaux des lits à baldaquins avec des cris de contentement animal. Last but not least, une phrase lui revint en mémoire : « ... vu le peu de délicatesse des comédiens... La procédure avec le propriétaire... » Il en perdit son couvre-chef et son self-control, trembla, paniqua, rougit, transpira à grosses gouttes, son cœur s'emballa. Ivre de colère, le regard démentiel, balbutiant des propos incompréhensibles, il décida d'aller voir les gendarmes. Sa moitié lui fit remarquer un léger détail. Il reçut le mail initial le premier avril. Était-ce de la chance ou de la malchance, toujours était-il qu'à défaut de louer sa résidence, sir Smallman loua l'humour de sa femme, gracieusement.

Croquembouche ; le goûteur de couleur !
Alain Toulmond

« Un mauve pâle, toujours légèrement acidulé, ne vaudra jamais un jaune citron éclatant de fraîcheur ! En bouche, on remarque tout de suite la différence, de même qu'un bleu avec ses nuances d'amandes fraîches évoque immanquablement l'évasion et le sable d'une oasis accueillante ». Ainsi s'exprimait M. Croquembouche, il était goûteur de couleurs, l'un des derniers, et son métier faisait de lui un être rare et précieux.

M. Croquembouche s'affairait autour d'un décor censé représenter l'intérieur d'une vieille boutique d'avant « La Grande Disparition » ; « La GD » comme dirent les journalistes et les historiens, quand les couleurs disparurent. Pfffuittt ! Un matin en se réveillant, l'humanité découvrit qu'elle avait perdu ses couleurs, il ne subsistait que le noir et blanc, quelques nuances de gris, vaguement dégradées, délavées. Terne et triste fut le monde du jour au lendemain, la « Grande Disparition » avait effacé les couleurs.

Seuls quelques rares individus, au pouvoir inexpliqué avaient la possibilité de faire revivre les couleurs, oh pas bien longtemps, mais suffisamment pour que cela devienne une activité fort appréciée et proche de la manifestation artistique si ce n'est religieuse.
De grandes réunions avaient lieu de temps à autre et l'espace d'une journée, on faisait revivre un lieu, une boutique, un site… Les performances les plus appréciées

étaient indéniablement la résurrection des fleuristes, et des boutiques de pâtisseries, certainement à cause des odeurs qui venaient magnifier la réapparition éphémère des couleurs.

Pour l'heure, M. Croquembouche travaillait d'arrache-pied à la réanimation d'une vieille et célèbre pâtisserie d'avant « La Grande Disparition ».
Le spectacle devait se tenir dans une semaine et il avait encore de nombreuses recherches à effectuer pour être au plus proche de la perfection.

Dans la grande bibliothèque mise à sa disposition par le propriétaire de la pâtisserie, il était à la recherche d'ouvrages traitant des couleurs, des odeurs, des sensations et des goûts qui y étaient liés. Une armada de bibliothécaires, de documentalistes s'activaient autour de lui prêts à répondre à la moindre de ses sollicitations.

Le goûteur de couleurs avait quelques difficultés à comprendre certaines définitions passées, comme par exemple : « Qualité de la lumière renvoyée par la surface d'un objet selon l'impression visuelle qu'elle produit », ou bien encore, « Propriété de la lumière frappant des objets produisant une perception visuelle liée à la répartition spectrale des ondes lumineuses »... Pour lui, c'était du charabia ! Rien à tirer de ces obscures explications. Il le savait lui ce que c'était que la couleur... le goût transmis au cerveau par les yeux, les odeurs transmises à nos sens par notre vision. Simple non ? Que venait faire là les spectres, surfaces et autres ondes ? Les anciens avaient dû passer à côté de bien des plaisirs s'ils concevaient ainsi la nature des choses !

Finalement, il décida d'aller se promener en ville, marcher, reprendre des couleurs, un peu d'air frais lui ferait du bien.
En déambulant parmi les blancs cassés, les gris graphites, les noirs profonds, les clairs-obscurs, les dégradés cendrés, il se disait que même si le blanc apaise et le noir soulage, seules les couleurs enchantent l'existence... La « Grande Disparition » décidément avait été un véritable drame pour les humains.

Plus tard dans la soirée, il testa de nombreuses combinaisons de couleurs cherchant à provoquer des parfums inédits, des textures soyeuses, d'évanescentes vibrations sonores, des pétillements chatoyants, des éclats moirés, toute une gamme destinée à lui servir à recréer l'ambiance et le cadre de ce qu'avait pu être cette ancestrale pâtisserie il y avait de cela plusieurs siècles auparavant.

Il travailla d'arrache-pied, la semaine passa rapidement et il fut enfin prêt pour le grand jour.

Quand le propriétaire, coupa le cordon d'inauguration, la foule des visiteurs se précipita à l'intérieur de la pâtisserie, des cris d'admiration emplirent la boutique et rebondirent dans la rue, des exclamations de plaisirs fusèrent, la vague gigantesque d'un bonheur arc-en-ciel inonda la ville et ses environs, un véritable et indéniable succès pour M. Croquembouche !

L'effervescence passée il se rendit en fin de journée à la boutique pour contempler son grand œuvre... Les Pains rouges étaient fièrement dressés à l'étal, de grosses Miches de seigle vertes attendaient sagement sur un présentoir rose, des Biscottes bleues sagement rangées se disputaient la vedette avec des Biscuits violets, et derrière la vitre de protection, de multicolores pâtisseries attiraient l'œil autant que les papilles, des Religieuses rouges, des Éclairs mauves, des Tartes aux cerises jaunes, des Flans noirs, de superbes Choux à la crème bleus, des Millefeuilles pourpres, etc., etc. Un feu d'artifice de saveurs et d'odeurs magnifiques, une palette gourmande et irrésistible.

Il fut toutefois déçu ! Un dessert en vitrine n'avait pas la couleur qu'il lui avait assignée, et c'était toujours la même couleur, elle n'en faisait qu'à sa tête, semait la zizanie parmi les autres couleurs qui s'empressaient de marcher au pas avec elle, un horrible brun jaunâtre, ni vraiment olive et pas vraiment beige, une couleur indéfinissable qui n'annonçait rien de bon, sans couleur en somme, avec un parfum désagréablement poudré.

Il hésita longtemps à lui donner un nom, entre caca d'oie et poil de chameau puis il se souvint de ses recherches à la bibliothèque ; une couleur identique avant la « Grande Disparition » avait posé des problèmes similaires à l'humanité.

Alors, sans grande conviction, il opta finalement pour un nom ; Kaki… ce fut son seul échec !

Journal d'un E.T.
Ridwan Ramadan

Nous avons des attentes dans notre vie, tantôt fondées tantôt fantaisistes, et nous espérons souvent les imposer en les confrontant au monde entier. Certains diront que notre réalité dépend de notre passé et qu'elle agit comme une sorte de moule pour le futur donc hier serait amené à se répéter. Et quelle place l'Homme tient dans tout cela ? Subit-il son passé ou choisit-il son futur ? Est-il le seul à avoir de l'influence sur son avenir et celui de l'humanité ? Laissez-moi vous parler de la guerre, cette terrible tragédie qui a jalonné notre passé et qui est, malheureusement, amenée à se reproduire à l'avenir. Elle qui est de plus en plus violente et qui repousse un peu plus, à chaque fois, notre conception de l'humanité, mais jusqu'où ira-t-on dans l'horreur ?! À partir de quel moment l'Homme n'en est-il plus vraiment un et quelles sont ses limites ? Qu'y a-t-il au-delà des frontières de l'humain ? La réalité est parfois complexe à appréhender tandis que la violence, elle, est souvent plus simple à comprendre.
Nous sommes en l'an 2137 et plusieurs catastrophes planétaires ont bouleversé le siècle passé. Une équipe de chercheurs et de scientifiques est en quête de réponses et ils comptent bien en trouver dans une base souterraine se situant dans la forêt de Compiègne. Après plusieurs épidémies et de nombreuses guerres, dont une majeure ayant mené à l'utilisation d'armes nucléaires, on tente encore de savoir au XXIIe siècle ce qui a bien pu arriver à

l'humanité... C'est donc dans un climat post-apocalyptique froid et impétueux qu'Hélène, une brillante scientifique française, s'avançait dans ce qui se trouvait être une base souterraine reculée. Tandis qu'elle parcourait cet abri anti-atomique, elle trébucha à un moment donné sur un livre qui se trouvait sur le sol et qui semblait abandonné. Intriguée, elle le saisit avant de l'ouvrir et elle y vit, stupéfaite, une série de nombres qu'elle ne put immédiatement comprendre. Elle le feuilleta rapidement avant de constater que seules quelques pages avaient survécu aux ravages du temps, les autres étant soit manquantes, soit trop abîmées. Hélène prit alors la décision d'emporter cet étrange petit carnet avec elle pour l'étudier en profondeur. Quelques semaines plus tard, à force de travail et de persévérance, elle réussit finalement à déchiffrer ce code, cette série énigmatique de chiffres composée de « un » et de « zéro » qui ne semblait avoir aucun sens de prime abord. Et quelle était la signification de cette mystérieuse trace écrite semblant venir d'un autre monde ? En voici un court extrait.

Jour 1,
Nous arrivons sur une planète contenant une gigantesque masse de liquide bleu — *indéchiffrable ou erreur de traduction* — carburant chargé à 78 %, procédure de camouflage du vaisseau enclenchée. Atterrissage réussi, nous procédons à une sortie extravéhiculaire pour collecter des renseignements. Recherche d'une forme de vie intelligente en cours — *illisible*.

Jour 2,
Indéchiffrable ou erreur de traduction — contact avec le vaisseau mère en cours. Les premières formes de vies paraissent primitives, les unes mangeant les autres pour

survivre — *indéchiffrable ou erreur de traduction* — un amas de grandes structures naturelles entourent notre position. Nous avons rencontré une espèce inconnue qui marche sur ses deux membres inférieurs et qui a tenté de fuir. Capture du spécimen effectuée. Analyse en cours de l'autochtone.

Jour 6,
Indéchiffrable ou erreur de traduction — la créature que nous avons capturée est un « être humain » selon les informations qu'il nous a communiquées — *illisible* — son enveloppe corporelle semble plus complexe que celle des autres créatures rencontrées précédemment. Nous avons atterri dans une « forêt » composée d'« arbres » selon les informations recueillies. Procédons à une recherche dans la base de données — *illisible*.

Jour 7,
Le captif nous a conduits dans une « ville » remplie de ses congénères. Procédons à une recherche d'intelligence avancée de l'espèce étudiée. Protocole de camouflage physique en cours. Procédons à une sortie extravéhiculaire sous une forme physique humaine. Nous arrivons dans un endroit peuplé d'êtres humains qui s'abritent dans de hautes structures apparemment artificielles. Selon les informations récoltées, les individus de cette espèce aiment se regrouper — *illisible* — nous procédons à une collecte d'informations complémentaires, en attente d'instructions du vaisseau mère.

Jour 8,
Apprentissage de la langue locale terminée, le rapport est transmis et nous contactons le maître de l'espèce

autochtone. Procédons à une analyse approfondie de l'organisation sociale de l'espèce.

Jour 10,
Notre délégation est reçue par le « président » de ce territoire. Le maître a semblé surpris et l'échange s'est déroulé sans incidents — *indéchiffrable ou erreur de traduction* — danger non détecté, l'espèce semble passive. Méfiance, gardons les lasers du vaisseau mère pointés sur le territoire nommé « France » — *indéchiffrable ou erreur de traduction.*

Jour 64,
Permission accordée par le maître des lieux de demeurer en cet endroit. Une multitude d'informations nous ont été communiquées, nous les transmettons au maître de flotte. Infiltration en cours de l'organisation sociale de ce qu'ils appellent « pays ». Présence d'agents sous couverture dans les organismes qui dirigent ce territoire pour recueillir un complément d'informations — *indéchiffrable ou erreur de traduction* — cherchons par nos propres moyens à collecter des informations — *illisible.*

Jour 117,
Indéchiffrable ou erreur de traduction — mission sous couverture en cours — *illisible* — administrations humaines infiltrées, enveloppes corporelles humaines mises au point avec 99,7 % de précisions. Analyse génétique de l'être humain captif terminée. En attente d'ordres.

Jour 181,
Une partie de notre délégation a réussi avec succès l'infiltration du pouvoir, nous influençons le « Parlement »,

le « Gouvernement » et le « Conseil d'État ». Contact en cours avec les agents de terrain — *indéchiffrable ou erreur de traduction* — rapport transmis, en attente d'instructions complémentaires.

Jour 212,
À part quelques individus, le genre humain n'a aucune conscience ni preuve de notre présence sur cette planète. Mission d'infiltration toujours en cours. Ordre reçu de contrôler les organes dirigeants du pays, procédons à l'élection du président en vue d'y placer un agent. Exécution de l'actuel dirigeant en cours — *illisible*.

Jour 367,
Cela fait plus d'un cycle solaire terrestre que nous avons atterri — *indéchiffrable ou erreur de traduction* — destruction possible de la planète, rien de récupérable n'a été détecté. Ordre donné par le maître de la flotte d'inciter l'humanité à se détruire elle-même de l'intérieur. Attente d'instructions complémentaires et collecte d'informations toujours en cours.

Jour 368,
Nous recevons l'ordre de diviser les êtres humains avec des prétextes politiques et culturels. Recherche en cours de maladies terrestres parmi celles recensées, possibles attaques indirectes des humains par contamination. En attente d'ordres concernant une possible attaque biologique — *indéchiffrable ou erreur de traduction* — les agents de terrain nous confirment que c'est une grande faiblesse chez les humains.

Jour 374,
Indéchiffrable ou erreur de traduction — ordre final donné par le maître de la flotte, passons à la phase offensive.

Jour 406,
L'humanité fait face à la maladie et à la guerre, ils s'accusent les uns les autres. La tension monte. Annihilation de l'humanité en cours *— illisible —* probabilité d'une guerre planétaire dépassant les 67 % *— illisible.*

Jour 717,
Les agents sur le terrain nous informent que 41 % de l'humanité a succombé à nos attaques biologiques et 26 % a succombé aux attaques nucléaires humaines. La division est profonde, l'unité des humains est diluée et aucune intelligence avancée n'a été détectée. Collecte d'informations terminée et retrait des agents terrestres achevé. Nous procédons au retrait définitif de la flotte sous trois jours terrestres *— illisible —* en attente d'instructions complémentaires du vaisseau mère *— indéchiffrable ou erreur de traduction —* passons à la planète suivante.

Elle, sans nuit
Sylvie Breton

Minuit...
Depuis longtemps, je ne m'endors plus...
Je laisse ce jour s'effriter dans la noirceur de la nuit pour accueillir demain.
Minuit. Un point, une passerelle, une porte dérobée, une cachette où je pourrais vivre un instant. Déjà demain ! Un autre jour, une autre vie ?
Paradoxe.
J'attends, gonflée d'espoir, ce jour nouveau avec impatience. Pourtant je le repousse de toutes mes forces. Envie d'appuyer sur la touche pause, profiter de ce moment, retarder le jour qui s'enfuit et se métamorphose en hier...
Persistance de l'enfance. Profitant de mon sommeil, caché derrière le masque de la nuit, demain arrivait sournoisement sans prévenir. Il s'était passé quelque chose sans moi.
Il est allongé, le visage près du mien, sa main posée sur ma hanche. Sa respiration paisible rythme le temps, comme un métronome.
Il dort.
J'ôte alors sa main et profite de ma nuit. Pour dormir ? Pour la vivre ! Je ne me laisse plus surprendre. Je savoure cet instant, je franchis ce passage avec gourmandise. De la lumière à l'obscurité, écran noir. Puis l'œil harmonise la pénombre qui dévoile ses secrets, les contours apparaissent, les silhouettes se dessinent. Telle une photographie se révélant sur le papier satiné. Dans l'ambiance sombre et ouatée du cagibi où mon grand-père avait installé son

laboratoire photo, j'admirais la magie qui s'opérait sous mes yeux. La pince dans sa main tannée maintenait délicatement le papier dans le liquide révélateur, son odeur de vinaigre me piquait le nez. Je guettais avec fascination une apparition. Un visage, le mien, se dévoilait alors comme au fond d'un miroir…
Aujourd'hui, mon image n'est qu'une enveloppe. Alors dans ma nuit noire, je deviens Blanche, une femme de l'autre côté du miroir qui choisit, rit et rebondit sur la vie. Ma tendre solitude nocturne me parle de moi.
La lumière du réverbère glisse le long du rideau. Mes vêtements sur le rocking-chair ressemblent à un éléphant mort. Les siens, bien rangés, évoquent une momie vidée de son être. Le pantalon a perdu ses jambes, la chemise a laissé échapper son cœur, quant à la veste ses bras ne la tiennent plus… Où se dissimule l'homme que j'aimais ?
Un léger sifflement révèle sa respiration de dormeur.
Les yeux grands ouverts, je scrute le plafond. Une fissure. Une trace, une blessure ? Les nuances de tons sur la peinture délavée ondulent. Des formes, des êtres, des paysages apparaissent sur cet écran de salle obscure. J'ai délaissé le septième art, plus le temps, plus l'envie. Je me contente de la télévision et de mon cinéma nocturne. Les ombres révèlent une autre histoire, un clair-obscur, un monde parallèle.
On en avait rêvé. On s'est posé dans cet appartement, comme un bel oiseau préparant son nid. À présent, je suis là, maladroite comme un albatros à terre dont les ailes trop grandes l'empêchent de s'envoler. Des rêves auraient pu fleurir… Ce fut une terre stérile.
La nuit, je vois de nouveaux horizons.
Envahie par ses propres sentiments, j'avais été émue par son amour, j'étais sa reine, son bijou, la femme de sa vie.

Un amour si vif était capable de construire de grandes choses, la promesse de s'aimer, de se soutenir, de partager les bonheurs et les difficultés de la vie, d'élever ensemble nos enfants. Combien de promesses tenues ? Que reste-t-il de cet élan vers l'autre ? Une vague affection qui lutte pour survivre parmi les décombres. Des mots, juste des mots, une jolie histoire qu'on se raconte, une mystification !
Le sommeil, comme un apaisement absent, se refuse continuellement à moi.
Étrange phénomène, la nuit révèle pour certains le côté obscur du monde, la noirceur des sentiments, l'esquisse de la mort, la solitude, le néant. Prisonnières de l'énergie diurne, leurs inquiétudes, tels des oiseaux nocturnes, déploient leurs ailes pour hanter leur sommeil. Quant à moi, la nuit protège mes pensées et cache mes secrets. Le jour je suis active, je m'occupe de l'extérieur. La nuit je me pose, j'observe mon monde intérieur. Le jour, j'ai les yeux grands ouverts, la nuit, mes pupilles dilatées font entrer en moi d'autres lumières. Le jour, je m'occupe des autres qui tournent sans cesse autour de moi. La nuit, je m'appartiens enfin et savoure ces moments de solitude, une respiration, un cœur qui bat, un espace-temps qui n'appartient qu'à moi. Pour l'atteindre, je dois franchir le rituel du coucher au creux du lit conjugal. Nous couchons ensemble. Dormir ou s'aimer ? La plupart du temps, il se love contre moi sans un mot. J'espère me faire câliner, il se câline. J'attends un geste tendre, il pétrit ma chair fraîche. Je rêve d'une onde irrésistible, d'un désir fou, il ne cherche pas le mien. J'essaye de me souvenir de la douceur de son sourire, la chaleur de son regard. Tout s'est embrumé, trop flou, trop loin. Mon affection s'acharne grâce à la nostalgie de notre amour. Je me contente de puiser dans le souvenir de la passion jaunie.

Il m'offre fièrement son désir, *j'ai toujours envie de toi...* La culpabilité me torture si mon désir ne coïncide pas avec le sien. *Allez pour me faire plaisir...* Alors je laisse faire en imaginant le plaisir que je pourrais ressentir. Sa main glisse entre mes cuisses puis pince mes fesses, l'autre palpe mes seins. Je scrute désespérément le désir qui m'étreignait le ventre et palpitait dans le cœur. Mon corps n'éprouve pas ce plaisir fantasmé. J'aimerais vivre une complicité avant de partager une réelle intimité. Que fait-il pour me faire vibrer ? Je sens son mouvement contre moi. Les mêmes gestes, le même rituel. Aucune surprise...
Je m'ennuie, je mens... Nuit...
N'es-tu pas heureuse d'être désirée ? Vision toute masculine révélant la conviction des hommes du consentement tacite de la femme. Pourtant son propre désir ne suffit pas à susciter le mien ! Les gestes affectueux et tendres, les mots chaleureux ou drôles, les encouragements sincères sont trop souvent oubliés. Attente illusoire, je ne veux plus attendre. J'évite les questions, les reproches, je laisse faire. Que ce harcèlement cesse, qu'il assouvisse rapidement cette pulsion déconnectée de notre relation. Je donne la carapace, la coquille vide, j'extrapole, le cœur bat ailleurs. Doit-on satisfaire tous les désirs de l'autre même s'ils ne sont pas en adéquation avec les nôtres ? Déçue d'avoir perdu notre complicité et notre intimité, a-t-elle jamais existé ? Piégée et humiliée d'être devenue un corps en libre-service, une propriété comme un territoire qu'il aurait acquis. Comment expliquer cette sensation, la vision de moi-même comme un objet sexuel ? J'en ai parfois la nausée.
Devenue une petite bicoque abandonnée, les ronces m'envahissent. Je ne me laisse plus approcher, je pique et je griffe. Les fleurs qui s'épanouissent en moi sont masquées

par les herbes hautes, les épines des ronces, le fatras des branches mortes. Bientôt plus personne ne pourra m'atteindre.

Les projets et les envies sont restés figés dans les mots. Où en est-on de nos rêves ?

Étais-je si naïve, pour croire à un grand amour, pétillant, rassurant, joyeux et éternel ? L'amour, quelle arnaque ! Il nous trompe avec des malentendus, des reproches, des soupirs, des agacements, de la rancœur, de la susceptibilité, de la tristesse et de la déception.

Le désir a disparu, asséché par tant de petites disputes minables, des histoires de courses, de repas, de poubelles qui débordent, de voiture, de comptes en banque et de tubes de dentifrice ! Le couple serait-il le plus grand serial killer de l'amour ? Trop faible pour résister et combattre, je suis devenue transparente. Croire au possible de l'impossible. Je ne crois plus au père Noël, devrais-je encore croire à l'amour ? La nuit m'aide à survivre le jour.

Il dort.

Paysage terne, ma vie défile derrière les vitres éraflées d'un train. Posée là sans avoir vraiment choisi. J'y suis restée sans questionner, sans chercher d'autres chemins, sans même penser à emprunter une autre voie. Suis-je absente de ma vie ? Envie de sauter du train, au risque de me rompre le cou... Jamais eu le courage !

En façonnant ma vie à ses attentes, je suis devenue un joli paysage, sans caractère, relief lissé, parois escarpées aplanies comme si ma personnalité avait été érodée, vidée de sa substance et s'était décalcifiée.

J'ouvre brusquement les yeux. Tel un marin les quelques minutes de sommeil volées me permettent de survivre lors de la grande traversée. Ma nuit, mon océan, mon refuge où me ressourcer. Encore une fois, j'ai rêvé sans m'endormir

complètement. Quelle étrange sensation. Des images trop réelles. J'imagine une autre expérience. Un autre morceau de vie à croquer. Échanger mon espace diurne formaté avec ma vie nocturne vibrante...
Elle m'épuise. Et pourtant, seuls la nuit et ses rêves peuvent m'offrir ma vie.
Deux heures s'affichent, rouges et lumineuses. Je me sens oppressée dans ce lit au milieu de draps froissés.
Il dort.
J'étais devenue SA femme. Les étincelles amoureuses avaient disparu au profit d'une tendresse distante, trop souvent remplacée par l'agacement, l'exigence, le reproche. L'être avait laissé la place à la fonction d'épouse et le rôle de mère. Notre relation n'avait plus rien à voir avec les sentiments, mais avec des postures, des tâches. Tout était déjà écrit, rien n'a été construit. Les comportements étaient gravés dans les esprits, imprimés depuis l'enfance. Je n'avais pas imaginé la persistance de cette vision après le combat des femmes des années soixante-dix. Peu vigilante, je me suis laissé piéger !
Quant à lui, sa mission est de remplir le compte en banque. *Je m'occuperai de toi, tu ne manqueras de rien...* À l'évidence, nous n'avons pas lu le même dictionnaire. Je manque de tant de choses ! Convaincu qu'il fait déjà tout ce qu'il faut, il s'étonne *De quoi te plains-tu ?* Si j'insiste, il s'agace, se justifie et se met en colère. *Tout ce que je fais, c'est pour vous ! Je me mets en quatre pour que vous ne manquiez de rien !* Mots mille fois entendus possédant le pouvoir de tout justifier. Il a défini mes besoins à son image et pense à ma place. *Tu as tout pour être heureuse.* Malheureusement, le mot *tout* n'a pas la même signification.
Je dérive.

À vingt ans, il aimait s'amuser, se montrait affectueux, fougueux, plein d'énergie et d'envie, devenu père de famille, il avait arboré un sérieux pesant et ennuyeux. Ma spontanéité recevait alors un regard condescendant *Faut grandir un peu*, comme si nos rêves de jeunesse avaient été illusoires et naïfs. Le ciel s'était obscurci, la température avait fraîchi. J'ai délaissé mes rêves, abandonné mes projets. La vague de la vie m'avait emportée sur un rivage sans goût. Pour conserver un semblant d'équilibre familial, j'ai accepté la vie qu'il m'offrait en oubliant de vivre la mienne. Je n'ai pas eu la force d'imposer mon point de vue, manque de confiance, peur du conflit. Carnivore, le mariage a dévoré les êtres autour de moi. Solitude et isolement derrière mon sourire, je joue un personnage. J'ai besoin de sortir de la scène...
Il dort et se retourne en soupirant.
En exprimant leurs joies ou leurs déceptions, les enfants révèlent leurs rêves. Quand vivrai-je les miens ? Eux, ils grandiront, partiront et construiront leur vie, moi je ne parviens pas à construire la mienne. J'avais cru avoir apaisé ma voix intérieure. Trahie, elle s'est mise à hurler la nuit, une voix libératrice. Mon rôle est devenu trop petit pour moi, le costume craque.
Quatre heures flamboient sur le réveil.
Les hommes et les femmes continuent à imaginer l'amour éternel, comme un besoin vital. Ils s'acharnent encore à y croire. Les couples se déchirent, se torturent parce qu'ils ne se supportent plus. Lorsque la séparation éclate, la guerre se déclenche et la souffrance des enfants est négligée... Alors, comment imaginer un seul instant que je puisse le quitter ?
Il dort et n'affrontera pas mon insomnie.
Seule avec mes rêves noctambules, les mots sont encore refoulés au fond de ma gorge. Douleur muette, intense, une

offense, une négation. La lame de l'humiliation tranche mon cœur, le sang coule. De toutes mes forces, je presse la blessure ouverte pour retenir mes rêves enfouis de crainte qu'ils ne s'enfuient. Mon visage reflète les stigmates de la douleur, les rides se creusent, les coins de mes lèvres s'affaissent...
Urgence !
Je rêve...
Un oiseau de nuit piaille au fond de moi. Comme un présent, j'aime recevoir la pensée qui émerge comme une averse et se précipite dans ma nuit. J'aurais aimé partager, malheureusement, il a fermé la porte, je suis restée sur le seuil. À peine un bouton de rêve perçait mes lèvres, que des paroles tranchantes le brisait avant même qu'il n'éclose.
Sa respiration paisible est brusquement saccadée par des mouvements révélateurs de rêves nocturnes. *Mes rêves ? Mais c'est vous mon rêve, on est heureux là, tous ensemble.* Illusion ! Il se sent heureux, je devrais l'être. Nous ne partageons aucun rêve au quotidien, il n'en a plus, je cache les miens...
Dans la chambre singulièrement sombre, les murs gris luisant d'humidité glacée entravent mon sommeil. Je me relève sur un coude. Grincement métallique du lit, les ressorts du sommier transpercent ma peau tétanisée par ce froid sibérien. L'angoisse me perfore l'estomac. Où suis-je ? Au loin un cliquetis de serrure. Une cellule... Je suffoque. Mes yeux s'ouvrent brutalement sur ma nuit. Encore une fois, le sommeil se moque de moi. Le cauchemar, écho d'une réalité... Le rêve serait de m'évader !...
Ma plainte, ma douleur ne changeront rien. Seule l'action bousculera le schéma, transformera les règles du jeu. Éveillée la nuit, je dois enfin me réveiller le jour.

La solitude et la liberté font peur. Alors on s'accroche à des chaînes qui parfois nous tailladent la peau. Un jour, on s'aperçoit que la solitude existe aussi dans les fers. Les chaînes rouillées sont verrouillées. Je m'ennuie et me réfugie dans ma nuit. *C'est difficile le choix d'une vie* disait Véronique Sanson. Je dois me confronter à cette liberté et revenir en pleine lumière. Je devine le champ des possibles qui s'étend devant les yeux de mes enfants, je les envie. Je veux découvrir à nouveau ce terrain vierge.

Ces nuits sans sommeil se sont transformées en voyage initiatique. La peur palpite, le temps de la réflexion est bien long. Noctambule errant dans les rues de la vie, je suis à la recherche d'une aventure, d'une rencontre avec moi-même. Exhumer mon énergie de vie. Elle rayonnait dans la cour de l'école et roulait le long de ma corde à sauter. Son parfum se cachait au cœur de la pinède en été et surfait sur la brise marine de l'Atlantique oléronais. Elle éclatait sur les pages de mon cahier d'adolescente et dans le rythme de nos soirées endiablées… Elle est là, lumineuse, juste devant moi… J'entends ma voix, j'aperçois ma voie, j'écoute ma parole libérée. Je m'enfuis…

Je n'ai plus besoin de cet amour-là, j'ai grandi d'un seul coup, comme si j'étais capable de retirer les petites roulettes de mon vélo. Une force que je n'avais jamais ressentie jusqu'à présent avait surgi brutalement. Prête à me détacher de mon entourage, je m'enfonce dans un territoire inconnu. Je ne les abandonne pas, je décide de vivre. Je découvrirai de la surprise dans leurs yeux, un jugement peut-être, je n'attends plus d'être comprise.

Tant de choses m'étaient encore invisibles, elles s'éclairent. J'avais besoin de l'obscurité pour découvrir la vie se parer de nouvelles couleurs. La nuit m'a privée du sommeil, elle m'a donné la force de vie, je dois la conjuguer au futur.

Sourde aux influences extérieures, mon voyage secret a pris forme. Fuir et partir seule m'exposer aux éléments du bout du monde.
Il dort.
Six heures. Je me lève en silence et enfile mes vêtements.
Mon sac est prêt, mon billet d'avion dans ma poche, quelques mots déposés sur la table.
Je prends un congé. Je sors sur la pointe des pieds. Je respire…
La nuit s'achève, dans la lumière rose du ciel.

Liturgie à prix cassés
Chantal Rey

« L'avenir appartient à l'église qui aura les portes les plus larges. »
(Alphonse Karr)

Rouge de colère, l'homme vociférait, gesticulant tel un diable surgi de sa boîte :
— Maintenant, ça suffit, j'ai pas que ça à foutre, moi ! Faudrait voir à vous occuper des clients !
— Justement, monsieur, c'est ce que je fais !
— Vous le faites mal ! Vingt minutes que je poireaute ! J'en peux plus !
Alerté par les éclats de voix, Luc s'était précipité sur les lieux :
— Allons, monsieur, calmez-vous.
Avisant les trois articles du client, il avait cru bon de suggérer :
— Ne préfèreriez-vous pas une caisse rapide ou, mieux, une caisse automatique ?
— Ah ouais, d'accord ! Faut avoir un chariot plein à craquer pour avoir droit à un peu de considération chez vous, c'est ça ?

En trente ans de carrière, à la tête de dix mille mètres carrés de surface de vente avec plus de soixante mille références produits, Luc ne comptait plus le nombre de conflits auxquels il avait été confronté : avec le personnel, la concurrence, les fournisseurs, les riverains, les clients. Surtout les clients, qui — le lui rappelait-on assez, au siège ! — avaient toujours raison. Outre sa maîtrise de la gestion des situations de crise, ses nombreuses autres compétences n'étaient plus à démontrer. Pour autant, son assurance se trouvait ébranlée par les nouvelles orientations de la GMS (1).

Lors du dernier temps de partage — c'est ainsi qu'on avait renommé la grand-messe annuelle destinée à motiver les troupes — il avait été question de « transformation nécessaire du modèle de l'hypermarché, voire de la grande distribution dans son ensemble ». Le P.-D.G. de l'enseigne, s'il affirmait que son taux de pénétration sur les produits de grande consommation avoisinait toujours les 50 %, déplorait que sa part de marché fût en repli de 0,2 point sur l'année :
— Et ça, affirmait-il, pointant son index vers la caméra, ça ne doit pas être.
 À l'issue de la visio-conférence — il était loin, le temps des colloques, séminaires et autres *team buildings* dans de luxueux hôtels où on se frottait les uns aux autres en partageant points de vue, expériences, ressentiments et mojitos —, la direction remercia les équipes pour leur implication et félicita les *managers* pour « l'agilité avec laquelle ils avaient su s'adapter aux évolutions du marché tout en préservant le bien-être de leurs collaborateurs ». Luc, qui n'en était pas à sa première bénédiction, avait hâte de découvrir quelle serait, après la gamme *discount*, le *drive*, la digitalisation des points de vente, les caisses automatiques, la scénarisation des rayons et le travail du dimanche, la nouvelle stratégie censée assurer à l'enseigne une remontée en flèche de son taux de fréquentation.

(1) GMS : grandes et moyennes surfaces.

« Si je m'attendais à ça ! », s'exclama-t-il en quittant la réunion avant de s'affaler sur le canapé où DLUO (2), brutalement tiré de sa léthargie, émit un feulement de désapprobation. Il avait besoin d'en parler à quelqu'un d'autre que son chat. Avisant la fenêtre *Teams* restée ouverte sur l'écran, il cliqua sur l'équipe « Djizeussizback » et attendit quelques secondes avant de voir apparaître, sur fond de Cène, le visage du père Gilles :
— Salut, frangin, qu'est-ce qui t'amène ?
— La blabla caisse.
— Késaco ?
— Une caisse lente pour les clients qui ont besoin de parler.
— Ce serait pas de la concurrence déloyale, ça ?

Luc admirait ce grand frère auquel les parents n'avaient pas pardonné d'avoir préféré l'église à l'épicerie familiale, cet aîné qui avait un sens aigu de l'analyse psycho sociologique :
— L'être humain a toujours eu besoin de s'épancher. Auprès des prêtres, des putes, des gigolos, des psys, des coiffeurs et des caméras de télé : quoi d'étonnant à ce que le supermarché se mette sur les rangs ? Je te ferai remarquer au passage que, de tous les prestataires en matière d'écoute, je suis le seul gratuit, qui dit mieux ? Certainement pas le facteur : non seulement tu dois payer pour prendre un café avec lui, mais c'est toi qui fournis le café ! Et ils osent appeler ça le service public !
— Payer pour parler, quelle époque !
— À en croire les psys, c'est la condition *sine qua non* de l'efficacité de la démarche.
— C'est peut-être pour ça que ta boutique est en perte de vitesse !

---

(2) DLUO : date limite d'utilisation optimale

Si l'abbé se distinguait par sa sagesse, l'épicier brillait par son pragmatisme. En vertu du principe selon lequel « ce que l'on conçoit bien s'énonce clairement » (3), il résolut d'abord la blabla caisse par une approche lexicale. Il avait maintes fois éprouvé cette méthode avec succès, notamment lors de la mise en place des semaines waouh, des journées vroum, des promos blurp, des lots snif et autres quinzaines boum et soldes vlan.

En l'occurrence, le Larousse ne lui fut guère d'un grand secours, qui traitait le terme blabla de « discours vide ou mensonger destiné à éblouir », et les synonymes qu'il en donnait — bagou, baratin, boniment, verbiage — n'étaient pas pour rehausser l'image du mot. Quant au côté novateur du concept, il était pour le moins discutable : ne pratiquait-on pas depuis plusieurs années déjà la blabla *car* ?

Délaissant l'approche lexicale, Luc convia son personnel de caisse à un *briefing* au cours duquel il exposa le projet : « Faire la conversation aux clients en encaissant les achats, quel que soit le temps que ça prendra. Le poste sera tournant, sur la base du volontariat. » Quand il précisa qu'il n'y aurait pas de diminution de rémunération, les mines des plus dubitatifs s'éclairèrent au point qu'il dut tempérer les ardeurs : « Les candidats devront subir des entretiens ». Lesdits entretiens, après avoir écarté les taiseux, les agressifs, les aguicheurs, les accents étrangers trop prononcés, les bégaiements, les cheveux sur la langue, les pipelettes et autres tire-au-flanc, permirent de retenir une poignée d'employés dont le profil correspondait aux exigences du poste.

(3) Citation de Boileau : « Ce que l'on conçoit bien s'énonce clairement et les mots pour le dire arrivent aisément. »

Dès lors que le problème de personnel fut réglé, il y eut lieu de déterminer le nombre de blabla caisses à mettre en place : serait-il indexé sur le chiffre d'affaires du magasin ? Sa surface ? Le profil de sa clientèle ? À ces questions, la direction de l'enseigne avait répondu : « C'est vous, gens de terrain, qui êtes le plus à même de juger des besoins en la matière ». D'un naturel prudent, Luc avait résolu de commencer par une unité à titre d'essai. Comment aurait-il pu se douter qu'une seule caisse pût occasionner de tels désordres ? Paradoxalement, quoique plébiscitée par nombre de clients, la caisse lente exacerba l'impatience de ces derniers, dont les frustrations générées par les temps d'attente prirent des proportions inattendues.

La campagne de communication de l'enseigne présentait comme un argument différenciant les caisses « où on prend son temps ». C'était ignorer que les individus n'ont pas tous la même notion du temps. Après plusieurs émeutes à la blabla caisse de son magasin, Luc en référa à ses supérieurs :
— Ils en viennent aux mains, ça ne peut pas continuer !
— Nul doute que vous saurez adapter votre stratégie au profil de votre clientèle.

Abandonné par sa hiérarchie, le malheureux fit part de son désarroi à son frère abbé, à qui le bon sens ne faisait jamais défaut :
— Tu dois limiter le temps à la blabla caisse.
— Comment limiter le temps à une caisse où on promet justement de pouvoir prendre son temps ?
L'abbé lança alors cette phrase d'une pertinence époustouflante, qui serait bientôt placardée sur tous les murs du magasin : « Prendre son temps, pas celui des

autres ! ». Les affiches précisaient en outre que le temps de passage à la caisse lente était désormais limité à dix minutes, après quoi la direction du magasin se réservait le droit d'évacuer le resquilleur.

Dès que la mesure fut appliquée, on vit des clients se présenter à la blabla caisse quatre à cinq fois par jour. C'étaient les mêmes — soit dit en passant — qu'on avait vus se présenter plusieurs fois par jour en magasin en des temps relativement récents de rationnement en papier hygiénique.

Reconnaissant son erreur, Luc voulut conditionner le temps autorisé à la blabla caisse au nombre d'articles achetés. On vit alors fleurir des tickets de caisse dignes d'inventaires à la Prévert — à un raton laveur près — : une boîte d'allumettes, un crayon à papier, une pomme de terre, un radis, une carotte, un poireau, un flacon de sel, un yaourt nature, une crevette, un berlingot de lait, un œuf, une bouteille de 25 cl d'eau minérale...

Il envisagea même une carte à points : en fonction du montant de ses achats, le client se voyait crédité de points convertibles en minutes autorisées à la blabla caisse. À peine avait-il mis les cartes en circulation qu'il fut en bute aux associations de consommateurs s'érigeant en défenseurs du pouvoir d'achat de la population aux revenus les plus modestes.

Lors du temps de partage suivant, les dirigeants de l'enseigne, après avoir félicité les équipes pour le travail accompli, enjoignirent aux directeurs de magasins de sensibiliser leurs collaborateurs au fait que « l'entreprise doit être le lieu de création et de partage de sa valeur ». Après leur avoir précisé que « la raison d'être de l'entreprise ne doit pas se limiter à la recherche du profit », on leur rappela tout de même que face aux profondes mutations de la consommation et à la concurrence féroce de la vente en ligne, il n'y avait qu'un seul mot d'ordre : de l'agilité, encore de l'agilité, toujours de l'agilité.

Luc, qui avait toujours boudé l'activité physique, était tellement angoissé par ces injonctions à l'agilité qu'il ressentit un soudain besoin de réconfort. Après s'être assuré que sa caméra était désactivée, il se servit un grand verre de champagne qu'il avala d'un trait. Quand le P.-D.G. annonça que l'enseigne allait mettre à la disposition des directeurs des outils de pilotage sophistiqués, il se servit un autre verre. Quand le responsable des ressources humaines leur parla de *kaizen* (4), il se versa un verre de plus. À l'évocation de la roue de Deming (5), il troqua le verre contre un bol. À l'issue de l'exposé sur les cinq pourquoi (6), il ouvrait une deuxième bouteille, debout sur la table basse du salon. Tandis que DLUO détalait, affolé par le bruit du bouchon, Luc brandissait la bouteille en se déhanchant et chantant à tue-tête :
— Vive les caisses rapides, les caisses automatiques, les caisses lentes, les caisses prioritaires, les caisses pour les vieux, pour les jeunes, pour les riches, pour les noirs, pour les femmes, les chauves, les pygmées, les fachos, les gros, les albinos, les sado-maso, les moches, les unijambistes !

(4) Kaizen : terme japonais signifiant amélioration continue.
(5) Roue de Deming : transposition graphique de certaines méthodes de gestion de la qualité.
(6) Les 5 pourquoi : base d'une méthode de résolution de problèmes proposée dans un grand nombre de systèmes de qualité.

Le lendemain, une fois les vapeurs d'alcool dissipées, Luc composa le numéro de la *hotline* psychologique mise à la disposition des employés de son entreprise :
— J'ai peur, docteur ! Peur des nouveaux défis. Et depuis la blabla caisse, c'est pire ! Je me demande ce qu'ils sont en train de nous préparer. Rendez-vous compte : je passe mes nuits à retaper le Citroën gris de Papa pour être prêt quand ils nous imposeront d'aller sillonner les campagnes pour y vendre de la limonade et du tapioca !

L'enseigne ayant garanti l'anonymat des usagers de la *hotline*, on ne peut que mettre sur le compte du hasard le fait que Luc fût contacté peu après sa consultation par le responsable du service *marketing* : « Votre *burn-out* est une aubaine pour l'enseigne. »

***

— Il a fallu que ça tombe sur moi ! — larmoyait-il tandis que DLUO se léchait les coussinets dans la plus parfaite indifférence. Je t'en supplie, frangin, toi seul peux me tirer de là !
— Explique-toi !
— Je veux tout savoir : la pénombre, le fond sonore, l'écho, la fraîcheur du lieu, l'odeur de cire et de poussière, l'encens, la clochette, tout, il faut que tu me *briefes* de A à Z.
— De quoi parles-tu ?
— Un tout nouveau concept, qui doit répondre à un besoin de recentrage sur soi. Ils ont dit que la consommation était le lieu par excellence de la pleine conscience. L'acheteur a besoin de focaliser toute son attention sur le parfum du shampooing, la texture de la fane de radis ou les reflets de

la sardine fraîche. Et pour ça, tu t'en doutes, il faut des magasins d'un genre nouveau.
— Quel genre ?
— Du genre qu'on me somme d'inventer : le supermarché silencieux.

***

Le prix à payer
Caroline Lhopiteau

Le visage impassible, totalement dénué d'expression, l'Aînée regarda alternativement le médecin puis la Mère, allongée sur le lit d'hôpital. La question lui avait été posée avec confiance et sans détour par le médecin. Elle savait déjà ce qu'elle allait répondre, affrontant sereinement les yeux délavés de la Mère, autrefois si bleus, suspendus à la décision qu'elle allait prendre.
L'Aînée l'observait en pensant que ce décor impersonnel et aseptisé la rendait plus vulnérable. La vieillesse avait adouci ses traits et déposé autour de sa bouche quelques sillons élégants. Sa belle chevelure était coiffée avec coquetterie comme toujours, tranchant à peine sur le blanc immaculé de l'oreiller. Elle respirait avec difficulté, manifestement oppressée par l'attente.
Elle avait deux filles, mais n'en avait jamais aimé qu'une seule. Bien qu'un fond lointain de morale chrétienne ou de bienséance sociale lui interdît d'afficher aux yeux de tous ce que son cœur criait pourtant avec force, elle cultivait depuis toujours secrètement une inavouable préférence pour la Cadette. Celle qu'elle avait tant désirée et qui occupait tout l'espace disponible de son amour, celle pour laquelle elle était vraiment devenue mère.
À la naissance de sa sœur, l'Aînée s'était trouvée reléguée du jour au lendemain au dernier rang de l'amour maternel, passant sans transition du statut de l'enfant unique et choyé à celui de l'objet indésirable. Déchue brutalement de son

titre, sans avoir pourtant démérité, elle ne l'avait jamais retrouvé. Les cartes familiales avaient été redistribuées sèchement et elle avait perdu en une seule mise tous ses atouts. Si l'on mettait de côté les allusions récurrentes de la Mère sur sa jeunesse gâchée, suggérant avec délicatesse que l'Aînée était le fruit d'une impardonnable maladresse, le jeu était pourtant en sa faveur auparavant. Les souvenirs de l'époque heureuse où elle ne partageait pas sa mère lui serraient encore la gorge avec la même intensité, ramenant un cortège joyeux et insouciant d'images lumineuses de complicité, de confidences chuchotées, d'éclats de rire partagés. Elle avait conservé longtemps en elle la sensation intacte des baisers reçus, du refuge chaud et réconfortant de ses bras, des effluves de son parfum léger qui s'accrochait à ses vêtements et qu'elle emportait ensuite avec elle, comme gage de bonheur inaltérable.

L'Aînée ignorait encore aujourd'hui la raison pour laquelle elle s'était vu infliger une punition aussi raffinée. Elle avait senti la Mère s'éloigner lentement, pour la perdre ensuite définitivement. Sa main s'était dérobée plus souvent, sa tendresse émoussée et son regard fuyant lui avaient renvoyé peu à peu une indifférence à peine voilée. Ça ressemblait à une sorte de lent désamour, sans espoir de reconquête. L'Aînée n'avait pourtant jamais nourri de grande ambition ni formulé de demandes déraisonnables, elle voulait juste reprendre le cours de sa vie, là où elle l'avait laissée, avant qu'elle ne lui soit arrachée avec beaucoup de désinvolture et même une certaine violence.

Accrochée à sa bonne conscience achetée à bas prix, la Mère n'avait jamais assumé cette reculade d'amour, pas plus que sa profonde inclination pour la Cadette. Servant sans faillir à l'Aînée le refrain consensuel de l'amour filial, elle ne s'imaginait pourtant pas être observée en permanence par deux yeux attentifs et douloureux, traquant sans relâche le geste bienveillant, le sourire attendri, l'indulgence immodérée ou encore le soutien inconditionnel, donnés comme un blanc-seing inépuisable à la Cadette.

L'Aînée ne relâchait jamais sa veille, oscillant toujours entre exaltation et désespoir, ses propres émotions rivées au baromètre des humeurs de la Mère. Elle était son obligée en permanence, se livrant à elle pieds et poings liés, sans le moindre amour-propre, assumant son manque de dignité avec une parfaite lucidité. Elle n'était qu'une boule de souffrance, une bête aux abois lorsqu'elle la sentait s'échapper, creuser la distance entre elles. Elle pouvait tout endurer pourvu que la Mère accepte encore qu'elle vienne picorer des miettes d'affection dans sa main à peine entrouverte ou qu'elle respire un peu de son oxygène. Tout valait mieux que d'être rayée de son existence.

Elle savait pourtant d'expérience que l'amour est une pulsion purement égoïste, sans lien avec le mérite ou la reconnaissance. La Mère en faisait elle-même ironiquement les frais, la Cadette dédaignant depuis toujours cette affection encombrante. L'Aînée, qui connaissait le goût amer du rejet, n'en tirait pour autant aucune compensation, car le dépit de la Mère retombait sur elle comme une pluie acide, lui collant la peau de reproches impossibles à formuler nettement, dont la Mère sentait elle-même sans doute confusément l'iniquité. Comment avouer qu'elle aurait voulu prendre à l'une pour donner à l'autre ? Qu'elle aurait sacrifié sans hésiter l'Aînée s'il avait seulement fallu choisir entre les deux ? L'Aînée sentait parfois la frôler des flambées incontrôlées de jalousie et de frustration, de colère à peine contenue de la part de la Mère qui la rendait implicitement responsable de ses propres déceptions.

L'Aînée se racla la gorge et se tourna vers le médecin. Elle se sentait détachée, n'éprouvant ni remords ni culpabilité. Pas de jubilation non plus. Aucune vengeance inutile et dégradante, juste la monnaie de sa pièce. Il suffisait d'attendre un peu, c'est tout. La vie vous offre parfois ce genre d'opportunité.
Les mots tombèrent de sa bouche comme de lourdes pierres :
— C'est impossible Docteur. Je ne peux pas accueillir ma mère chez moi. Il reste un placement en maison de retraite...
— Pardonnez-moi, dit le médecin avec étonnement, mais j'avais cru comprendre que...
— Alors vous aurez mal compris, l'interrompit-elle sèchement, sans même le laisser finir sa phrase.
Après une courte pause, elle ajouta, comme pour justifier sa rudesse :
— Vous ne savez rien, absolument rien.
La voix était coupante, sans appel, bouillonnante du flot retenu des rendez-vous manqués, de l'attente jamais comblée, de son absence chronique de confiance en elle, de l'espoir bafoué, des années humiliantes de psychanalyse, à chercher à comprendre pourquoi sa mère ne l'aimait pas. Toutes ces sensations du passé empreintes d'amertume, si laborieusement enfouies dans un puits profond, remontaient avec brutalité, comme un vent mauvais d'automne lui plaquant au visage ses feuilles mortes.
Le temps de l'amour était passé aussi, tout simplement.
Elle coula un œil vers sa mère, qui s'était contentée de hocher la tête, au moment où le verdict était tombé. Toute chose a un prix et le prix se paie un jour. Elles le savaient bien.

L'Aînée se leva vivement, ramassa son sac à main et adressa un dernier salut au médecin avant de s'éloigner dans le couloir, d'un pas léger.

L'enfer ou le paradis
Gilbert Orsi

Manuel est remonté comme jamais :
— « *Dans ces conditions, je me fiche de votre séjour dans la vie éternelle, dit-il furieux. Il n'y a pas à discuter, ramenez-moi sur Terre et le plus vite sera le mieux !* ».

Deux jours auparavant.

Manuel s'endort paisiblement, emporté par des rêves magiques suggérés par une vie simple, frugale, faite de liberté, de l'amitié qu'il reçoit et qu'il donne à ses semblables et à Toqué, son perroquet d'amour. Alors qu'il glisse dans les bras de Morphée, une autre figure céleste vient leur rendre visite, à lui et à son exotique volatile. C'est la Grande Faucheuse, habillée d'un large habit noir et portant une longue faux recourbée. Elle va les accompagner tous les deux dans un dernier voyage, celui que chaque être vivant sur Terre doit prendre un jour.
Parvenu aux portes de l'au-delà, Manuel demande à la Mort :
— Pourquoi m'as-tu fait mourir si jeune ?
Avant de répondre, la Camarde consulte son Grand Livre Sacré. Chaque moment de la vie de Manuel y est relaté avec précision. La dernière page est codée en lettres d'or, celle de son ultime journée sur Terre :
Comme chaque matin Manuel émerge, tiré de son sommeil par les cris de Toqué, son magnifique ara jacinthe qui lui réclame ses graines et sa tranche de mangue matinale.

Encore une superbe journée qui commence, une journée à la lumière irisée d'un lever de soleil surnaturel. Les dernières graines de tournesol et l'ultime mangue bien mûre et juteuse font le bonheur de Toqué, tandis que Manuel avale un café soluble sans sucre, trop cher, fait avec le reste d'un carafon d'eau qu'il espère pouvoir remplacer aujourd'hui, si les fruits de ses rencontres et autres glanages le lui permettent.
Mais avant tout, comment sacrifier au sacrosaint rituel journalier du bain du matin, moment unique, privilégié, véritable abreuvoir du bonheur et de la joie de vivre de Manuel Marycielo. Il s'empare d'une serviette vieille et trouée, mais fétiche, puis s'élance, suivi de Toqué qui virevolte dans ses pas, vers l'océan Pacifique, à juste trente mètres de sa cabane en bambous, construite de ses mains habiles sur la plage de sable blanc de Pueblo Paraiso. Ce simple moment avec l'emplumé, son ami fidèle, ce moment magique dans leur vie de tous les jours, n'est autre que le symbole de leur liberté absolue, de la plénitude de leur amitié indissoluble et de leur bonheur simple et radieux. Toqué et Manuel ne se sont jamais quittés, depuis la naissance jusqu'à aujourd'hui, quarante-trois ans plus tard. Manuel plonge encore et encore, jamais rassasié de cette sensation de plaisir intense. Toqué quant à lui, évolue au ras des vagues, comme voulant suivre son ami entre deux eaux, se ravisant au contact humide de l'écume. Un balai gracieux, symbole d'un lien fusionnel entre deux espèces, tel que la nature l'aurait toujours voulu, au point de sembler les avoir programmés dans ce seul but.
Il est temps maintenant de partir à la recherche des subsides qui leur assureront la continuité de la vie qu'ils ont choisie, direction le marché du village. Tous les matins sur la place de Pueblo Paraiso s'installe un petit marché,

magnifiquement achalandé de toutes les espèces de fruits et légumes de la région, apportant un extraordinaire camaïeu de couleurs qui remplit de joie tous les autochtones. Manuel évolue dans cet espace serein où tous les participants se l'arrachent, tant il est aimé autant pour sa bonne humeur que pour son aide. En effet, il passe d'un étal à un autre, aidant à la mise en place ou à l'emballage, égayant le marché de son sourire et de son humour bon enfant.

Vers midi, tout le monde remballe, gratifiant Manuel de denrées diverses et de quelques pièces, rétributions suffisamment généreuses pour assurer le suivi de la journée pour lui et Toqué. Sur le chemin du retour, il achète un sac de graines de tournesol, un chiffon de tortillas, de l'huile végétale et un paquet de « frijoles », haricots du cru, n'oubliant pas de charger sur son épaule un nouveau carafon de quinze litres d'eau potable.

Le déjeuner est royal, avocat, tomate et oignon du marché donneront un guacamole succulent, les « frijoles refritos » et les tortillas de maïs toutes chaudes apporteront l'énergie nécessaire, la papaye cueillie du matin et l'ananas bien mûr feront perdurer la joie et la bonne humeur. Toqué après s'être régalé de graines et d'une banane entreprend de fouiller ses plumes à la recherche d'éventuels parasites importuns. Ensuite, la sieste rituelle et bienfaitrice dans le hamac en coton multicolore face à la plage.

L'après-midi se déroule paisiblement. Au déclin du soleil, Manuel se dirige vers l'avenue principale du village, où il a ses habitudes chez le commerçant qui vend les fameux et populaires poulets rôtis. L'enseigne « El pollo Feliz », le poulet heureux, met l'eau à la bouche. Là, il est chargé de livrer quelques commandes aux clients habitués, se promenant dans les rues, se faisant héler par les habitants qui le reconnaissent et échangent avec lui quelques mots

amicaux. Cette tâche accomplie, Manuel rentre à la maison, avec un beau poulet bien rôti, assorti de ses « papas fritas y lechuga », patates frites et laitue.
Après un dîner frugal, réparateur de toutes les dépenses de la journée, Manuel s'endort paisiblement, emporté par des rêves magiques...
La Camarde referme le Livre d'Or.
Un jour auparavant.
— Manuel, dit-elle solennellement, ton dernier jour sur Terre est à l'image de tous les autres : tu as l'âme bienheureuse d'un juste. Voilà pourquoi le jardin d'Éden t'est désormais accordé. Tu pourras y vivre un bonheur éternel. Et comme tu as mené une vie de pauvre, simple et exemplaire, je t'offre en prime un sursis de vie sur Terre. Tu auras la possibilité d'exprimer deux vœux. Par ma volonté, tes deux souhaits te seront immédiatement satisfaits.
Manuel n'en revient pas de bénéficier de tant de prévenance à son égard ! Le paradis, la vie éternelle, le Jardin d'Éden. Et en plus, comme si la promesse de l'enchantement éternel ne suffisait pas, les cieux lui offrent, à lui le petit Manuel de Pueblo Paraiso, le luxe de réaliser deux vœux. Après avoir retourné plusieurs fois la question dans sa tête, une idée lui vient : l'occasion de vérifier un adage maintes fois entendu en bas.
— Pour le vœu numéro un, si vous me le permettez, j'aimerais être dans la peau d'un riche, une seule journée, juste pour vérifier que l'argent ne fait pas le bonheur. Des fois qu'on m'aurait menti...
La Mort consulte son Grand Livre des Archives. Elle pointe du doigt celui qui, sur Terre et pour la journée sera la personne désignée. Sur son ordre, Manuel Marycielo mute instantanément en Xander Cashoverall et s'apprête à vivre

une journée mémorable dans la peau de ce personnage fortuné :

D'un bond, Xander sort de son waterbed, lit à eau, de deux mètres par deux mètres, impatient et anxieux à l'idée de consulter sur son Mac multi écrans dernier modèle, qui occupe un pan de mur entier, les cours de la Bourse qui lui diront combien il a gagné cette nuit pendant son sommeil. Sommeil rendu profond par ce superbe Macallan de vingt-cinq ans d'âge à trois mille dollars la bouteille et la poupée de rêve qui dort encore de l'autre côté du lit !

Ce trader de trente-huit ans, devenu millionnaire très jeune grâce à la fortune paternelle héritée suite au décès de ses parents dans un dramatique accident d'hélicoptère, n'a connu que l'opulence, le profit et une évolution parmi tout ce que peut conférer une vie privilégiée de super nanti. Fort, il est vrai, d'une solide formation financière appuyée par un instinct de prédateur et d'un sens inné des affaires, il a su faire fructifier ses avoirs de façon exponentielle.

Huit heures trente donc, pendant que Marisol, son employée de maison du matin, lui sert son petit déjeuner, un mini buffet continental digne de la Maison-Blanche, il consulte ses portefeuilles d'actions. Plutôt bien dès le début de journée, les titres de Tesla ont bondi de douze pour cent grâce à la percée de l'électrique et aux performances de Space X. JP Morgan Chase & Co quatre pour cent, Walmart sept pour cent, United Health six pour cent et d'autres encore. En bref, pour cette seule nuit, six cent cinquante mille dollars de gains en dormant.

Boosté par ces nouvelles matinales, il pianote une petite heure pour donner ses instructions à sa meute de courtiers, les meilleurs de Wall Street, il s'entend !

Place maintenant à la détente et aux plaisirs de toutes sortes, pain quotidien de Xander Cashoverall. De son

penthouse au soixante-cinquième étage, son ascenseur privé l'emmène directement dans son parking tout aussi privé, où s'alignent une douzaine de bolides tous affolants par leur beauté comme par leur prix. Aujourd'hui, ce sera la Lamborghini Veneno Roadster à quatre millions de dollars, suffisante pour une petite virée avec sa muse du jour, Summer, une magnifique brune rencontrée la veille et qui fera vite place à la suivante dans quelques jours. Car Xander ne se prive d'aucun avantage de son immense richesse et sa mentalité lui laisse penser que les femmes sont une possession comme une autre.
C'est parti ! Shopping sur la cinquième, Sacks, Bergdorf Goodman, Abercrombie and Fitch, Vuitton et autres enseignes haut de gamme verront transiter un petit cent mille dollars pour se mettre en bouche. Fin de matinée, petit tour à Manhattan chez Masa où le chef Takayama propose ses délices japonais, déjeuner tranquille à quatre cent cinquante dollars par personne, sans le vin bien entendu. Petit tour dans la baie sur l'Hudson, à bord du dernier jouet de Xander, un yacht Baglietto de quarante-trois mètres à douze millions de dollars. Bien sûr, un instant détente avec Summer dans la cabine principale, en dégustant un Dom Pérignon 1953 à deux mille dollars seulement. Au retour, un arrêt chez Van Cleef and Harpels : comment ne pas gratifier Summer d'un petit avantage serti d'émeraudes à cinquante mille, juste avant de prendre congé d'elle... échange de bons procédés.
Une journée, somme toute, bien remplie. Retour au penthouse où on passera la soirée aux bons soins de Francesca, l'employée de maison du soir. Défileront quelques mets délicats de chez Fauchon, le tout arrosé de Château Yquem.

Retour dans le waterbed pour une nouvelle nuit riche de rêves dorés, mais aussi d'une progression financière que l'on constatera au réveil. Ainsi va la vie de Xander à quelques variantes près et cela jour après jour.

Le vœu numéro un a été exaucé. La Camarde fixe Manuel, redevenu lui-même et qui n'en revient pas de l'épisode qu'il vient de vivre dans la peau de Xander. Les yeux écarquillés, les membres tremblants, il sort péniblement du personnage qu'il vient d'incorporer et de ses prodigalités insoupçonnées ! Ce luxe, cette abondance de moyens ! C'est qu'il en avait joui la journée entière de toutes ces extravagances, le petit Manuel ! Le yacht Baglietto, la Lamborghini Veneno Roadster ! Qu'est-ce qu'il les avait savourés les délices de chez Fauchon, le Macallan à trois mille dollars la bouteille ! Trois mille dollars ! Et cette vue imprenable sur la baie d'Hudson depuis le soixante-cinquième étage ! Flamber sans compter, voilà le secret du bonheur sur Terre ! Comment durant toute son existence avait-il pu se contenter du minuscule marché de Pueblo Paraiso, vibrer pour un insignifiant poulet grillé chez « *pollo Feliz* » ? Son seuil de satisfaction était si bas qu'il avait trouvé son bonheur dans une cabane en bambous rafistolée, une poignée ridicule de graines de tournesol et quelques patates défraîchies. Il s'était même épris d'une vieille serviette trouée ! Voilà ce qui arrive quand on a pour seul mode de vie la sobriété. Une sobriété ordinaire qui ratatine sans s'en apercevoir. À présent, il avait un critère de comparaison, il savait qu'il existe une vie en dehors de la frugalité, une vie où le faste et la magnificence peuvent transcender une vie simple de mendiant.
N'y tenant plus, Manuel laisse exploser son émotion :

— Le paradis sur terre existe, hurle-t-il, je viens de le rencontrer !
Son cri résonne dans tout l'Univers et flashe comme un éclair la voûte céleste !! Sauf que, lorsque l'on erre dans les portes de l'au-delà, il y a des mots qu'il faut éviter de prononcer, ou seulement à voix basse. Le mot « *paradis* » attire instantanément l'attention d'un ange qui passe par là !
Il s'agit de l'ange Popovski, bien connu dans les hautes sphères célestes pour ses positions radicales contre l'exploitation de l'homme par l'homme, la propriété privée à l'origine du péché et sa sympathie avérée pour le système coopératif, le partage des richesses et l'entraide. Popov, comme on le surnomme ici, clame à qui veut l'entendre, que l'opulence des uns a pour contrepartie la misère des autres. C'est ce message d'engagement qu'il vient d'adresser à Manuel l'exalté.
— Sur Terre, affirme-t-il, le paradis des uns se nourrit de l'enfer des autres. Quand tu étais Xander, tu te fichais bien des contributeurs sociaux sur lesquels tu faisais fructifier ton portefeuille d'actions. Te souciais-tu du salaire misérable de Marisol, de Francesca ou des innombrables reluiseurs de tes carrosseries vénérées ? T'es-tu seulement interrogé sur les conditions de travail pitoyables des mineurs de Colombie pour satisfaire la taille de ton émeraude à cinquante mille ? Que penser du cas Summer, la belle brune, ta dernière prise de guerre que tu assimilais fièrement à une prise de bénéfice ? Non, l'argent sur terre ne fait pas le bonheur, car c'est un bonheur fait sur le dos de ceux qui n'en ont pas !
Manuel est ébahi par ce qu'il vient d'entendre ! Un ange passe et une autre vision des choses apparaît. Le côté revers de la médaille lui avait totalement échappé. Au fond, ce que Popov lui indiquait en filigrane, c'est que le vrai bonheur il

l'avait connu à Pueblo Paraiso. Les plaisirs simples d'un lever de soleil sur la plage de sable blanc. Le goût incomparable d'une mangue bien mûre et juteuse. La plénitude du bain matinal dans l'eau claire du Pacifique ! Des plaisirs qui ne coûtent rien et qui ne font du tort à personne. Se sentir aimé, sans autre transaction que d'être payé d'un sourire en retour. Aider, partager de bon cœur, sans marchandage, sauf quelques subsides qui ne seront jamais des gestes de charité, mais d'amitié sincère. Une morale pleine d'altruisme et de générosité, en somme, qui pourrait réconcilier Manuel avec la vie qu'il a toujours menée.

Mais le luxe est une drogue dure et celui qui y goûte a du mal à s'en débarrasser. L'idéologie généreuse d'un ange ne fait pas le poids face à la faiblesse d'un humain débauché, qui vient de taquiner la luxure et flirter avec l'opulence. « J'ai pris la peau du riche pas celle du diable, s'exclame Manuel ! Et puis quoi, y a-t-il du mal à être un panier percé si ça favorise le commerce et relance l'économie ? » Que de bonnes raisons pour ne plus s'en passer ! Sa conscience le tiraille. La culpabilité frappe à la porte. La mémoire sensorielle de Manuel refait surface. Le plaisir de son passé frugal ressurgit. Il se combine à présent au bonheur qu'il vient de vivre dans une torride alchimie. Fabuleux, le shopping sur la cinquième, dans les magasins de luxe aux enseignes flamboyantes haut de gamme... mais le petit marché de Pueblo Paraiso, achalandé de toutes les espèces de fruits et légumes de la région, c'était aussi quelque chose ! Grandiose ce dîner à *Manhattan*, aux produits d'importation rares et délicats, arrosés d'un Château Yquem hors de prix... mais le modeste déjeuner à base de « frijoles refritos » et de tortillas de maïs toutes chaudes, quel régal également ! L'arrêt chez Van Cleef and Harpels, les macarons croquants de chez Ladurée, le waterbed dernière génération, c'était vraiment la classe ! Mais comment oublier l'odeur salée d'« El pollo Feliz », ou le goût magique d'une papaye juteuse cueillie du matin ou le rituel douillet des fins de journée, lové dans un hamac de coton moelleux, face à l'océan... La concurrence entre les deux mondes est intenable. Grâce au privilège de les avoir pratiqués l'un et l'autre, Manuel en prend la juste mesure et devient philosophe ! L'argent comme la pauvreté ne font pas le bonheur, conclut-il, mais ils y contribuent. À condition toutefois, c'est ce qui est le plus difficile, de continuer à apprécier les choses simples ou sophistiquées à leur juste valeur.

Retour au présent.

Alors que Manuel, pris dans ses pensées, se remet doucement de son expérience, la Camarde se manifeste à nouveau. Le premier souhait étant réalisé, il est temps de connaître le deuxième vœu. La réponse ne venant pas, elle l'invite à se rapprocher des portes de l'Éden pour un départ imminent vers l'au-delà. Manuel s'engage fébrilement sur une allée bordée de vigne vierge, son perroquet Toqué perché sur l'épaule. Le bonheur éternel est à une grappe de raisin !

— Désolée, dit la Camarde, les animaux ne sont pas admis au royaume des justes.

— Comment ça, pas admis les animaux, s'exclame furieux Manuel ? Vous oseriez me séparer de Toqué, mon perroquet d'amour, mon ami d'enfance, mon plus fidèle compagnon ? Dans ces conditions, je me fiche de votre vie éternelle, de votre monde des justes et des béatifiés. Le paradis serait un enfer sans mon compagnon de toujours. Il n'y a plus à discuter, ramenez-moi sur Terre et le plus vite sera le mieux ! Le voilà mon deuxième vœu.

La Camarde ferme définitivement son Grand Livre Sacré. Elle reste de marbre. On ne peut lire sur son visage si la colère l'emporte sur la déception, ou la clémence sur la compassion, car la Mort n'a pas de visage unique. Mais si on ignore ce que la Camarde pense, on sait qu'elle tient toujours ses promesses. Elle ordonne sur le champ à la Grande Faucheuse de les raccompagner tous les deux sur Terre.

Manuel a rejoint le monde des vivants. Dans son cabanon de paille, la nuit venue, il s'endort paisiblement. Qui sait aujourd'hui à quelles images colorées, odeurs boisées ou saveurs exotiques il rêve : le petit monde paradisiaque de Pueblo Paraiso ou le bon vivre de l'enfer new-yorkais ? Seul Toqué connaît peut-être la réponse.

Psychopathologie des anges et archanges
Phil Aubert de Molay

> L'ombre était nuptiale, auguste et solennelle,
> Les anges y volaient sans doute obscurément,
> Car on voyait passer dans la nuit, par moment,
> Quelque chose de bleu qui paraissait une aile.
> **Victor HUGO, *Booz endormi*.**

C'est le long d'un grand fleuve. Celui-ci est considérablement large, apaisé, lumineux. Il produit des couleurs dont on peinerait à dire le nom tant elles sont belles. Ce fleuve, le Mississippi, la Volga, le Rhin, on ne sait pas. La Dordogne ou le Zambèze. La belle vie c'est toujours au bord de l'eau. Le Danube, l'Orénoque si ça se trouve.

Elle a des mots en farandole dans sa tête. Et ce poème qu'elle connaît par cœur et dont elle ne veut murmurer que l'ouverture :
Sois sage, ô ma Douleur, et tiens-toi plus tranquille.
Tu réclamais le Soir ; il descend ; le voici.

Elle dessine assise sur un talus de hautes herbes. Sur le papier, c'est un paysage de fin de journée, des cormorans ou autres oiseaux d'eau à basse altitude ; et la vague abandonnée à elle-même, ce courant presque immobile. Ce vide.

Il l'observe. Lui, c'est un ange gardien. Et ce n'est pas une image, il est *réellement* un ange. Son ange gardien. Comme nous sommes au début du printemps, que le soir approche et qu'il fait frais, elle porte une parka militaire vert bouteille, un bonnet à pompon gris avec des paillettes argentées, un pantalon de velours d'une couleur voisine et des chaussures montantes de sécurité achetées pendant le dernier Black Friday à moins 35 % (elle a choisi le modèle *AventurièreTM* en cuir nubuck et maille faux daim. Cheville et languette rembourrées. Semelle en caoutchouc double densité en éthylène-acétate de vinyle absorbant les chocs et coque en acier anti-perforation norme BK 31 made in PRC).

Quand ça tourne soudain à vide tout ce système, le fleuve et ses haleines de mondes profonds, le ciel désempli jusqu'aux étoiles, ses pensées trop habitées de solitude alors qu'insistent un peu trop cette grande immobilité et ce silence invulnérable — cette indifférence — eh bien elle dessine. Le dessin c'est un projet de l'esprit comme l'indique si bien l'orthographe de nos pères qui écrivaient *dessein* pour le désigner. Comment est né le dessin ? Elle a lu quelque part que Pline l'Ancien raconte qu'une jeune fille de Corinthe dessina les contours de l'ombre de son bien-aimé, qui se projetait sur un mur, pour en garder une image avant leur séparation. Elle sait que le dessin c'est pour ne pas mourir quand ce poème commençant par *Sois sage ô ma Douleur et tiens-toi plus tranquille* semble vouloir se réciter en entier et exploser jusqu'aux confins de l'univers, ce qui serait dangereux. Dans ces moments-là, moi son ange gardien, je me tiens tout près d'elle, invisible, mais affairé. Je cherche des astuces pour la distraire de ces ténèbres capturant son humeur. En urgence, je m'arrange pour lui mettre sous les yeux l'impeccable vol bleuté d'un martin-pêcheur, l'élégance surnaturelle d'un roseau, le looping trop drôle d'une libellule, les pitreries d'une loutre sympa. Alors comme par enchantement les sombres fumées quittent son âme blessée, car la voilà qui dessine. Le dessin c'est travailler la gestuelle, oui libérer le mouvement en griffonnant sans but des petits motifs géométriques, des animaux, beaucoup d'animaux surtout des oiseaux, des scènes de vie, les paysages contradictoires de ce fleuve, sa riche miroiterie. De préférence au pinceau ou à la plume, mais aussi avec un pauvre crayon de papier trouvé au fond du sac, dessiner c'est accepter de rester un apprenti pour toujours et ne vouloir rien d'autre que cette inutilité splendide.

En fait pour ne rien vous cacher, j'en ai marre d'être un ange. D'être esclave de ce devoir de réserve à la con. Je voudrais qu'elle me voie. Je voudrais lui dire que sa parka vert bouteille et ses chaussures de sécurité avec coque en acier anti-perforation norme machin truc, j'adore. Je voudrais lui dire que j'aime sa façon de dessiner, cet air à la fois concentré et si étranger à ce monde qu'elle prend lorsqu'elle te crayonne le saut audacieux là-bas au loin d'un jeune poisson heureux. Oui, je désirerais tellement abandonner ma maudite invisibilité. Je lui adresse des petits signes c'est tout ce que je suis autorisé à faire. C'est un geai, vieil allié des entités séraphiques, qui vient la frôler le temps d'un trait de lumière, c'est la marguerite qui chante le printemps à tue-tête à dix centimètres de ses semelles en caoutchouc double densité en éthylène-acétate de vinyle — et là tu la vois, cœur généreux, qui fait un pas de côté pour épargner la fleur miniature.

Une fois, je ne sais pas comment j'ai fait mon compte, car franchement c'est une erreur de débutant, mais je me suis mal réceptionné lors d'un atterrissage un peu sport sur le toit verglacé d'un brise-glace. On était en hiver naturellement et je voulais voir ma protégée sous un autre angle, depuis le fleuve raide de froid. Elle zonait là-bas sur la rive, distribuant des graines et du pain sec aux oiseaux. Toute une bande de moineaux en pleine baston tressait l'auréole d'une sainte autour de sa jolie tête, c'était un spectacle miraculeusement beau. Donc le toit verglacé du bateau, ma chute. Je me suis rétamé sévère sur la surface gelée et ça n'a pas loupé je me suis bousillé le coracoïde, pas fait un pli. Souffrance inouïe. J'ai douillé. Chez tous les vertébrés à l'exception de la sous-classe de mammifères thériens (placentaires, humains, marsupiaux — classification de Parker et Haswell, 1897), le coracoïde est un os qui, associé à la scapula (omoplate), forme l'articulation de l'épaule. Chez les oiseaux et les anges, il est l'os le plus solide de la ceinture pectorale, creux et envahi par les sacs aériens claviculaires. Il permet de maintenir les ailes éloignées du corps pendant le vol. Des muscles puissants relient l'humérus à l'os fourchette. Ces précisions pour ceux que ça intéresse. Du coup, je suis parti huit longues semaines terrestres en convalescence. Elle m'a cruellement manqué. J'avais peur qu'il lui arrive quelque chose, qu'elle fasse de mauvaises rencontres. Même si on lui avait attribué un collègue ange gardien de remplacement plutôt sérieux et compétent, je n'étais pas tranquille. C'est là que mes soignants se sont doutés que je tombais amoureux. Ils ont carrément soupçonné une psychopathologie affective. L'amour serait une maladie ? Alors ils ont fait un rapport de signalement, mais heureusement ce dernier a été classé sans suite, j'ai quand même quelques relations chez les archanges. Encore maintenant, vingt ans plus tard, je passe régulièrement au magasin bio chercher du curcuma, c'est bon pour les articulations, mais pour tout dire elle travaille là-bas comme remplaçante le week-end et pendant les vacances d'été. Alors le souffle coupé, je vois régulièrement de près ses yeux immodérément noirs. Lorsqu'elle dit, à la caisse, d'une petite voix neutre 18,90 € s'il vous plaît voulez-vous votre ticket, elle te regarde et c'est toutes les nuits du monde, avec leur vastitude charbonneuse, leurs astres de feu lointain, leur profondeur sans explication qui te parlent soudainement dans une langue liturgique. Elle ne parle pas, elle prie. J'avoue que je dispose maintenant d'un stock véritablement industriel de curcuma. L'autre jour au magasin bio, ils proposaient une dégustation d'un plat tout prêt parfaitement raccord avec la froide météo : bouillon de canard au sel de mer, pistache moulue et bergamote de Calabre. Je ne sais pas pourquoi, mais j'aime pas trop manger des trucs qui ont eu des ailes.

Oui, j'en ai assez d'être un ange. Je dois batailler méchamment pour rester à ma place. Il arrive (c'est rare, mais bon) qu'un ange décide d'apparaître à une créature humaine. Normalement, c'est interdit. On ne doit pas entremêler les mondes. C'est pas génial cette restriction et nul ne sait pourquoi elle existe, mais c'est comme ça. Chacun chez soi. Gestes barrière. Elle, dans l'inconfort du vivant ; moi, errant dans la prison de mon obéissance. Je la sais bien seule, elle aussi. D'où sa mélancolie de tourterelle. Elle est seule, mais avec toutes les créatures qu'elle a dessinées, on dirait qu'elle marche en tête d'un cortège de grande fête. Une magicienne : née de ses yeux, de sa main exercée, toute la vie est là, petite foule nageuse, volante, bondissante.

Et moi, un épouvantail ! Quand je vois ma silhouette de quatre mètres de haut dans le miroir d'une flaque d'eau ou contre le mur doré d'une grange à bateau un soir d'août, j'aimerais être autre chose. Les ailes, la silhouette ultra longiligne, le visage imberbe flamboyant et tout et tout, on dirait un alien. Sauf que c'est véridique : un ange.

Je peux l'aimer cette humaine, personne n'y pourra rien. Mais comme il neige : sans bruit. Ses traces. Ses pas. Juste la suivre. Moi, grande ombre inconsolée aux plumes frémissantes de solitude, sur les pas de la beauté. La suivre. Car aimer n'est-ce pas juste et simplement *suivre* ?

Par manque d'esprit rationnel, de nos jours les hommes ne croient plus aux anges. Incroyable. Ça nous fait rire. Ou pleurer les jours de fatigue. N'ont aucune idée ces gens du travail colossal que cela représente de protéger cette humanité aussi touchante qu'incompréhensible. Les anges n'existent pas ha ! ha ! Les humains, ils apprennent par cœur et ruminent des trucs comme *Sois sage, ô ma Douleur et tiens-toi plus tranquille* ce genre d'histoires et après, nous, on recolle les morceaux. Ce n'est pas ce qu'on croit la vie d'un ange, bah ça non alors. Pas de quoi rire aux anges.

Mais cette fois inutile de se voiler la face, il sait qu'il n'y échappera pas : il sait de source sûre qu'on va lui dire avec compréhension que démarrer une psychothérapie est toujours porteur d'une promesse précieuse que l'on se fait à soi-même. Se libérer, se révéler, s'affirmer, s'accepter, se retrouver, se connaître, se découvrir, être soi-même, vivre sa vie, être heureux, traverser une épreuve, répondre à une question existentielle que l'on se pose, trouver la paix en soi, retrouver le goût de vivre bla bla bla : psychothérapie.

Il entendra aussi que l'accueil et l'écoute sans jugement lui permettront de mettre des mots sur sa souffrance et de déposer son trop-plein émotionnel pour faire baisser la pression cosmique et restaurer ses chakras persos. Un ange c'est quelque chose avec du feu dedans. Pourrait tout brûler autour. Il faut donc faire attention à sa santé spirituelle et le guérir de ses rudes missions sur terre. Alors comme il est évident qu'il est tombé, en dépit des interdictions, méchamment amoureux de cette femme, on lui expliquera qu'un accompagnement bienveillant saura l'aider à conscientiser et à comprendre qu'une remédiation est nécessaire, ceci afin de pouvoir ensuite réactualiser les anciennes stratégies qui ont été mises en place par le passé, et qui ne sont plus adaptées à la situation ou bien à l'ange qu'il est devenu. Comprenez que vous pourrez envisager de nouvelles lignes de conduite et un nouveau mode de fonctionnement si vous prenez conscience de la situation dans une perspective de restauration de la prépondérance de la mission angélique. Ok ok ok. Psychopathologie diagnostiquée. Mais il pensera, comment ça se fait que l'amour fasse si mal ? Ça devrait pas se passer comme ça ? Si ? Et là, il sait déjà que nul n'a la réponse. Pas plus malin que les autres, les anges. Au fond, dans ce monde comme dans l'autre, personne ne sait quoi faire avec ce bordel sans nom qu'est l'amour. Sois sage, ô ma putain de Douleur, et tiens-toi plus tranquille.

Quant aux archanges censés apporter leur secours, on oublie : que des technocrates ceux-là. T'envoient direct en psychothérapie et veulent que tu reprennes ton poste à la vitesse de la lumière. À croire que le paradis est comme partout aux mains des actionnaires.

Le Gange, le Doubs, le Limpopo, le Rhin, le Rhône. Le Tage. L'Amour peut-être ? Quelle drôle d'idée de baptiser un fleuve comme ça on aura tout vu. Peu importe. La belle vie c'est toujours au bord de l'eau. Pour la dernière fois avant longtemps, il la voit parcourir des berges sans nom. Belle comme jamais dans sa parka vert bouteille, vagabondant dans les herbes printanières maintenant détonantes de sauterelles. Elle dansote avec ses chaussures en cuir nubuck et maille faux daim. Un peu courbée de tristesse parfois, mais comme emplie d'espoir devant la marche du monde lorsqu'elle parlemente avec un héron réservé, lui demandant de bien vouloir demeurer sur place un instant afin qu'elle puisse le dessiner. Dessiner pour elle, c'est Pierre-Auguste Renoir disant ce dessin m'a pris cinq minutes, mais j'ai mis soixante ans pour y arriver.

La voilà qui s'accroupit pour mieux voir une route de fourmis. Elle sourit en déclarant à ces dernières : petites sœurs ! Petites sœurs ! Merci pour le travail de vos élégants gribouillis sur le sol, chacune de vos équipées minuscules est incantation coloriée sur la terre, j'apprends beaucoup sur le graphisme grâce à vous toutes.

Et moi, je l'observe, je la contemple ; j'aimerais tant qu'elle se dessine elle-même, vous savez comme un peintre se représente dans un coin du tableau, petit personnage insignifiant perdu dans la féerie formidable des eaux et du ciel. Son portrait, j'emporterais ce trésor dans mes bagages.

Bon, je dois y aller, on m'attend. La puissance de dévastation de l'amour reste une énigme. Je ne sais pas vous, mais voilà la vérité toute nue : moi je n'y comprends rien. Naturellement, l'ange s'enthousiasmant pour une mortelle c'est vu et revu, rien d'original, c'est même pathétiquement classique. Mais c'est comme ça. L'amour. Oui l'amour l'amour l'amour. Ce ravissement obstiné, cette sauvage souffrance et tout le tremblement. Nil Tamise Maroni Pô. Le Léthé.

Quand elle dessine, ça fait continuer le monde, ça le prolonge, ça l'augmente. Car les humains refusent cette vérité, mais en vérité je vous le dis : tout ce que l'on imagine se met à exister.

Sa beauté, précocement céleste de son vivant, m'émeut depuis la première seconde. Cette femme, déjà emportée et noyée par le torrent des siècles, tu la sais pourtant si présente, si unique. Et en même temps si ignorante de ton existence. Nous voilà beaux, deux étrangers ! C'est promis, ses dessins, je les verrai même en fermant les yeux. Elle, à jamais mienne sans le savoir. Moi, le regard perdu vers cette éternité d'eau que l'on appelle un fleuve et que je dois à présent franchir, ne sachant que faire de ce cœur brisé battant à grand-peine dans sa poitrine de plumes.

Sois sage, ô ma Douleur, et tiens-toi plus tranquille.

Un ange passe.

SOMMAIRE

In memoriam	4
Le ponton	14
La fille qui sentait la vanille	22
L'arbre à papillons	32
B.B. blues	39
Le tragique destin du petit comte Arbour	44
Avis de décès	56
Legilimens virus	65
Malentendus	75
L'origine du monde	84
Un dernier bord	93
« L'orgueil de la maison », disait Baudelaire	98

Le ressac des mères 105

Les amours de sir Smallman 113

Croquembouche ; le goûteur de couleur ! 122

Journal d'un E.T. 126

Elle, sans nuit 132

Liturgie à prix cassés 142

Le prix à payer 151

L'enfer ou le paradis 156

Psychopathologie des anges et archanges 167